PAPILIO MARIPOSA

OSWALD LEVETT

Es war vor ein paar Jahren in Venedig. Ein Sonntag im Spätsommer. Die Messe in San Marco war zu Ende, und die Menge strömte aus dem Dome auf den Platz. Ein volksbewegtes, buntes Treiben. Amerikanische Matrosen – von dem Kriegsschiff drüben auf der Reede – mit weißen Kappen und wiegend-breitem Gange, zierliche Venezianerinnen gesenkten Blicks auf hohen Stöckeln trippelnd, behäbige Deutsche und schöne, hochbeinige Schwedinnen. Fascistische Centurien heranmarschierend im Gleichschritt mit Gesang. O bellezza, giovinezza. . .

Ich saß mit Désirée im Café Florian, um all die Schönheit in Muße zu genießen.

Ringsum das festliche Gewühl der Menschen, die zarte Gliederung der Säulengänge und das goldne Mosaik des Domes. Dahinter das Meer, dessen Fluten im Sonnenglanz wie Perlmutter und Smaragd erglühten. Und darüber der Himmel, auf dessen zart azurnem Grunde im leichten Spiel des Windes silbernes Gewölk dahintrieb.

Es war ein Anblick, so selten und so köstlich, daß ihn unser Herz als unvergessenes Glück bewahrt. Man sieht und leidet, man liebt durch den ergriffenen Blick.

Da plötzlich ging ein Wogen durch die Menge. In allen Sprachen rief es »Schau dorthin«, und aller Blicke richteten sich aufwärts.

Am Südende der Piazetta stehen zwei granitene Säulen, die eine mit der Statue eines Heiligen, die andere mit dem bronzenen Flügellöwen von San Marco. Nach diesen beiden Säulen blickten all die vielen Hunderte, schweigend, in atemlosem Staunen.

Und es war auch staunenswert, was da zu sehen war.

Auf der einen Säule ruhte wie immer der geflügelte Löwe. Aber auf der anderen – war das ein Sinnentrug, die Spiegelung einer Fata Morgana? Da ruhte er wiederum, friedlich zu Füßen des Heiligen gelagert, eine sinnvolle Verkörperung der Legende.

Nieder sank die andächtige Menge, bekreuzte sich und pries dies sichtbare Wunder Gottes.

Aber da begab sich ein noch größeres Wunder. Während die Menge entgeistert emporstarrte, hatte sich auf dem Platze ein dichter Taubenschwarm niedergelassen, die berühmten Tauben von San Marco, die Lieblinge der Fremden. Plötzlich erhob sich der Löwe, reckte seine Schwingen und stieß hinab auf den Taubenschwarm. Während die entsetzte Menge nach allen Richtungen auseinanderstob, schlug er zwei oder drei Tauben nieder und zerriß sie. Dann setzte er sich auf die Hinterbeine und ließ einen kurzen Laut, halb Knurren und halb Pfauchen, hören.

War's überhaupt ein Löwe? Bald schien es eine riesige Katze, bald eine große dänische Dogge. Aber Flügel hatte es; mächtige wüstenfarbene Flügel.

Schon wollten sich einige Carabinieri auf das Tier stürzen, um es zu fangen, da schwang es sich auf, flog hoch empor und verschwand in den Lüften.

Nun muß ich aber in meiner Erzählung zurückgreifen. Es war im Sommer 1918, in Albanien.

Ich war nach meiner Verwundung felddienstuntauglich erklärt und Auditor – in Deutschland sagt man Kriegsgerichtsrat – geworden. Nun war ich Leiter eines Feldgerichts da unten.

Es war kein leichter Dienst in diesem schönen, aber wilden und vom Fieber verseuchten Lande, unter einer Bevölkerung, deren überwiegende Mehrheit die österreichisch-ungarische Kriegsmacht mit tückischem Hasse verfolgte. Die Anforderungen an unsere Kampftruppen waren groß, die Verpflegung karg und das Klima mörderisch. Kein Wunder, daß sich die Disziplin merklich lockerte und daß die Zahl der Deserteure und Überläufer wuchs.

Längere Beschäftigung mit der Strafjustiz führte bei beschränkten Charakteren zur Abstumpfung, bei einsichtsvollen zur Verzweiflung an dem Sinne menschlicher Gerechtigkeit.

»Mehr Strenge, Herr Hauptmann«, pfauchte mich mein Divisionär immer wieder an, »mehr militärischen Geist! Abschreckung muß sein!«

Mochte er pfauchen.

Wem war es zunutze, wenn hier irgendein armer Teufel an die Mauer gestellt und zusammengeschossen wurde, nur damit es dort draußen an der Front im Tagesbefehl verlautbart wurde, zum warnenden Beispiele?

Eines Tages langte wieder einmal eine Anzeige einer Feldkompanie bei meinem Gerichte ein. Dem Angezeigten wurde eine ganze Reihe von aufrührerischen kriegs- und armeefeindlichen Äußerungen zur Last gelegt.

Der Kommandant hatte sich persönlich beim Divisionär gemeldet, hatte erklärt, er wisse sich nicht mehr Rat zu schaffen, dermaßen nahmen die Kriegsmüdigkeit und Unzufriedenheit seiner Leute überhand; eine derartige Truppe bringe er überhaupt nicht mehr an den Feind. Er bat, Seine Exzellenz wolle auf exemplarische Bestrafung des Schuldigen dringen.

Der Divisionär ließ den Kompaniekommandanten seinen Bericht in meiner Gegenwart erstatten.

»Sie haben gehört, Herr Hauptmann«, wandte er sich an mich. »Ich hoffe, daß Sie *diesmal* wissen werden, was Sie zu tun haben. Wenn nicht . . .« Er schloß mit einem vielsagenden Schweigen.

Diesmal war ich fast geneigt, Order zu parieren. Nicht aus Gehorsam, sondern aus Verdrossenheit.

Vier Jahre dauerte nun der Krieg, und ein Ende schien nicht abzusehen. Zwei Jahre saß ich schon in dieser trostlosen Wildnis, ohne Urlaub, ohne Hoffnung auf Ablösung. Die besten Mannesjahre verstrichen, sinnlos und nutzlos. Nichts gab es, was mich hätte erfreuen, woraus ich hätte neuen Lebensmut schöpfen können. Keine befriedigende Arbeit, kein Umgang mit gleichgestimmten Menschen, keine Frauen.

Meine einzige Freude waren die Briefe meiner Freundin Désirée. Als ich verwundet vom Felde nach Wien kam, hatte ich sie kennengelernt. Sie war Krankenschwester beim Bahnhofs-Labedienst. So sah ich sie das erstemal. Mir bleibt der Tag und bleibt der Anblick unvergeßlich.

Ich kam geradewegs vom Felde, mit einem zerschossenen Bein und ein paar Granatsplittern im Leibe. Hinter mir lag die Hölle der Isonzoschlacht, lagen Tod und Grauen. In der strahlenden Heiterkeit des Frühlingsmorgens, in dem friedlichen Getümmel der Bahnhofshalle fühlte ich mich wie im Paradiese.

Und nun neigte sich aus diesem Himmelsreiche das lieblichste Engelsantlitz mir zu: lächelnd, tröstend, helfend.

Es mochte wohl ein sonderbarer Gegensatz gewesen sein, wie ich da vor ihr stand. Hager, grobknochig, mit struppig-wildwachsendem Barte; blutgetränkt der Verband und die Uniform schmutzstarrend – wie ein Abgesandter der Unterwelt vor einer lichten Gottheit.

Minutenlang starrte ich sie an, entzückt und verwirrt, bis mich ihre holdselige Verlegenheit und die spöttischen Blicke der Umstehenden aus meiner Versunkenheit erweckten.

Eine glückliche Fügung wollte es, daß ich in einem der Wiener Kriegsspitäler verbleiben durfte. Fiebernd vor Ungeduld wartete ich auf die erste sich bietende Gelegenheit, das Spital heimlich zu verlassen, um die schöne Krankenschwester wiederzusehen. Aber die Bewachung war so streng, daß fast zwei Wochen vergingen, ehe ich entwischen konnte.

Ich fand sie nicht. Sie war vom Bahnhofs-Labedienst versetzt worden, unbekannt wohin.

Ich ließ nicht ab. Mit schwerer Mühe erkundete ich ihre neue Dienststelle und suchte sie dort auf.

Selbstverständlich hatte sie mich völlig vergessen und erkannte mich gar nicht wieder, zumal ich meinen wilden Bart säuberlich rasiert und mich in eine funkelnagelneue Uniform gesteckt hatte.

Unter irgendeinem fadenscheinigen Vorwande präsentierte ich mich ihr. Schon wollte sie mich kurz abweisen, da faltete ich halb unbewußt die Hände.

Vielleicht rettete mich diese Handbewegung. Es gibt Gesten, die Schicksal bedeuten.

Meine schöne Partnerin hielt inne, umfaßte mich mit einem prüfenden Blick und schien zwischen Ärger und Lachen zu schwanken. Aber meine Bestürzung war so ungeheuchelt, meine Verlegenheit und Ungeschicklichkeit so drollig, daß die Belustigung den Unmut überwand. Sie willigte ein, mich wiederzusehen.

Nun aber hatte ich sie schon über ein Jahr nicht gesehen. Die wenigen Monate, welche ich als heilungsbedürftig in Wien bleiben durfte, waren nur allzu schnell verstrichen. Zwar war ich felddienstuntauglich erklärt und zum Auditoriate versetzt worden; aber ich mußte wieder fort, diesmal nach Albanien.

Désirées Nachrichten wurden immer unpünktlicher und seltener. Anfangs brachte mir jede Woche den versprochenen Brief, jetzt ließ er bisweilen monatelang auf sich warten. War daran wirklich nur die Unverläßlichkeit der Feldpost schuld, gingen wirklich so viele Briefe verloren – wie Désirée behauptete?

Zwei Monate war ich schon ohne ein Lebenszeichen und verzehrte mich in Sehnsucht und Sorge. In dieser Gemeinschaft war ich nun einmal der Schwächere, weil ich mehr liebte. Ich war hier abgeschieden von aller Weiblichkeit, war bald vierzig und hart am Erlöschen meiner männlichen Anziehungskraft. Sie aber war eine Schönheit von kaum zwanzig Jahren, als Pflegerin in einem Offiziersspital stets umdrängt von einem Schwarm Bewerber.

In dieser Stimmung fand mich der neue Straffall. Sie war dem Beschuldigten keineswegs günstig.

Naftali Margoschenes hieß er. Der Name war nicht gerade eine Empfehlung.

In meiner Unruhe und Unzufriedenheit war mir die bevorstehende Standrechtsverhandlung gar nicht unwillkommen – das gestand ich mir selbst ein –, denn sie brachte zumindest ein wenig Abwechslung und Emotion in das langweilige Einerlei. Was ich mir aber nicht gestand und was mir auch, zu meiner Ehre sei's gesagt, gar nicht bewußt wurde, das war der in den heimlichen Tiefen meiner Seele lauernde grausame Wunsch, meinen Mißmut auszutoben, mein Mütchen an einem Wehrlosen zu kühlen.

Ja, so kommen Strafurteile zustande. Homo homini lupus. Es greife so mancher Strafrichter an seine Brust und bekenne, wieviel Jahre Kerker mehr er verhängt, weil sich seine Frau mit ihm zankte, weil ihn die Geliebte betrog, weil sein Bürokollege befördert wurde.

Zur freudigen Überraschung des Generals – welcher einen solchen Diensteifer von mir nicht gewohnt war – meldete ich mich sogleich ab, um den betreffenden Frontabschnitt aufzusuchen und die Standrechtsverhandlung an Ort und Stelle durchzuführen.

Die Verhandlung begann. Der Divisionär hatte die Beisitzer diesmal selbst bestimmt. Lauter Offiziere, auf deren Urteil er glaubte, sich »verlassen« zu können.

Als der Name des Angeklagten aufgerufen wurde, Naftali Margoschenes, sahen sie einander an und hatten Mühe, sich das Lachen zu verbeißen. Die Lächerlichkeit dieses Namens paßte schlecht zu dem Ernst des Augenblicks, sie brachte etwas wie einen skurrilen Humor in die Düsterheit des Standgerichts.

Nun wurde er hereingeführt. Ich sah ihn jetzt zum erstenmal. Wieder blickten wir einander an – diesmal ich mit –, und wieder hatten wir Mühe, nicht aufzulachen.

Was war das aber auch für eine Karikatur von einem Menschen! Es war fraglich, ob er überhaupt das Militärmaß erreichte; er war kaum so groß wie ein fünfzehnjähriger Knabe. Dabei war er wie frierend zusammengekauert, so daß ihm die langen Arme bis zu den Knien hinunterbaumelten. Und was für ein Gesicht! Ein gottsjämmerlich breiter Mund mit wulstigen, triefenden Lippen, die Nase wehmütig plattgedrückt, der Kopf spitz zulaufend und mit spärlichem Stichelhaar bedeckt. Wie war da jedes einzelne für sich und alles zusammen erst recht häßlich, quälend lächerlich.

Nur die Augen standen in einem merkwürdigen Gegensatz zu ihrer trostlosen Umgebung. Sie waren tiefblau und leuchteten in schwermütigem, mir unvergeßlichem Glanze.

Es begann die Vernehmung des Angeklagten. Er war kaum über zwanzig Jahre alt — ebensowohl hätte er über vierzig sein können —, in irgendeinem galizischen Nest geboren und angeblich Student der Philosophie. Seine Aussprache war unzweifelhaft die des polnischen Juden, aber seine Stimme wohllautend, seine Ausdrucksweise klar und höchst gebildet.

Als ich ihn über die ihm zur Last gelegten Äußerungen befragte, dachte er bei einigen angestrengt nach, sichtlich bemüht, sich zu besinnen, einige gab er unumwunden zu. Ich fragte ihn weiter: Angenommen, er hätte wirklich nur jene Äußerungen getan, die er zugab; aber wie könne er es mit seiner beschworenen Soldatenpflicht vereinbaren, derart aufrührerische Reden zu führen?

Er entgegnete in ruhigem Tone, er habe nicht gewußt, daß es verboten sei, die Wahrheit zu sagen. Ich fühlte die Stimmung der Richter: Ein polnischer Jud' und frech auch noch; vielleicht gar ein Revolutionär.

Die Zeugen bestätigten der Reihe nach sämtliche inkriminierten Äußerungen. Mochten sie beeinflußt sein oder sich besprochen haben, mochten sie die Wahrheit sagen — es war eine wohlgefügte Kette, nicht zu durchbrechen.

Zum Verteidiger hatte der General einen blutjungen Husarenoberleutnant bestimmt, einen österreichischen Aristokraten, der von der Sache keine Ahnung hatte. Es war klar, welche Absicht Seine Exzellenz mit dieser Auswahl verfolgte: Das Vorurteil des aristokratischen Offiziers gegen den polnischen Juden, die natürliche Unfähigkeit des Verteidigers sollten einer standrechtlichen Verurteilung möglichst wenige Hindernisse entgegensetzen.

Es war interessant, zu beobachten, wie der junge Offizier anfänglich seiner Aufgabe gegenübertrat und welche Wandlung sich in ihm vollzog. Als er den Namen des Angeklagten hörte, als er ihn sah, da war ihm deutlich der Abscheu vor seinem Schützling, der Widerwillen gegen seine Aufgabe anzumerken. Doch allmählich mochte in ihm eine dunkle Ahnung von der Tragik dieser Lächerlichkeit erwachen, mochte er erkennen, daß er allein es sei, auf dessen Schutz der Unglückliche rechnen durfte. Und nun war es rührend, wie der junge Aristokrat alle Standes- und Rassenvorurteile beiseite schob, mit welch noblem Eifer dieser blühend schöne Husarenoffizier für seinen Schützling, den mißgestalteten Juden, in die Bresche trat, wie bekümmert er wurde, als er das Vergebliche seiner Bemühungen und seine eigene Unzulänglichkeit erkannte.

Das Beweisverfahren wurde geschlossen. Der Ankläger — von Beruf Richter in Galizien — erhielt das Wort zum Schlußvortrag. Er hatte leichtes Spiel bei diesem Stand der Dinge und verfehlte nicht, alle feindseligen Instinkte der Richter gegen den Staatsfeind, den Feigling, den häßlichen polnischen Juden aufzurütteln.

Als der Verteidiger das Wort erhielt, da sprang er auf, flammend rot vor Verlegenheit und vor Entrüstung, und brachte nur hervor: »Hohes Gericht, ich bitt' um meine Ablösung. Man soll einen tüchtigen Verteidiger kommandieren. Ich versteh' nix von solchen Sachen. Wie kommt denn der Angeklagte dazu, daß er vielleicht erschossen wird, weil ich ihn ung'schickt verteidigt hab'? Und wie komm' ich dazu, daß ich mir dann mein Leben lang Vorwürfe mach'? Schließlich, jetzt hammer vier Jahr' Krieg, sind genug Menschen g'fallen. Der arme Teufel da ist schon von Haus aus genug g'straft, vielleicht hat er gar nicht g'wußt, was er da z'sammredt. Und wer gibt scho' was drauf, was so a Jud' daherred't. Meinetwegen soll man ihm Spangen geben. Aber daß man an Menschen gleich erschießt wegen a paar unbedachte Worte, das versteh' ich nicht. Und damit will ich auch nix zu tun hab'n.« Und er streckte wie abwehrend die Hände von sich.

Dieses »Plädoyer«, so unbeholfen es war, nützte seinem Klienten vielleicht mehr, als der brave Verteidiger erwartete.

Nun richtete ich noch einmal das Wort an den Angeklagten mit gepreßter Stimme: »Angeklagter, Sie wissen, was auf dem Spiele steht. Haben Sie noch etwas zu Ihrer Verteidigung vorzubringen? Bereuen Sie, was Sie gesagt haben?«

Er schwieg. Dann senkte er die Arme mit einer Geste grenzenloser Müdigkeit. Ein wehes Schluchzen erschütterte seinen armseligen Körper, er schlug die Hände vors Gesicht, und leise, hilflos weinend wie ein verlassenes Kind, stammelte er: »Ich habe nichts Schlimmeres gesagt als hundert andere, und denen hat man nichts getan. Weil ich ein Jud' bin, ein häßlicher, deshalb gehn sie alle gegen mich.«

Neben mir die unerbittlichen Gesichter wurden weich und senkten sich beschämt.

Die Verhandlung war zu Ende, der Angeklagte wurde abgeführt. Da ereignete sich im letzten Augenblick etwas Seltsames.

Schon wollte ich die Beratung des Kriegsgerichts einleiten, da betrat ein Kurier den Verhandlungsraum und meldete sich bei mir. Er überbrachte mir einige Dienststücke, aber auch meine Privatpost. Da waren die lange erwarteten Zeitungen und vor allem – o Jubel – ein Brief von Désirée.

Die Dienststücke konnten warten, der Brief nicht. Ich erbat von dem Vorsitzenden des Kriegsgerichts eine kurze Pause mit der scheinheiligen Begründung, daß ich den Einlauf durchsehen müsse, ob er nicht sofortige Verfügungen erfordere, und stürzte mich auf den Brief.

Alles war in schönster Ordnung. Sie liebte mich, sie hatte Sehnsucht nach mir.

Mit einem Schlage leuchtete die Welt in anderen Farben. Der Richter, der einen Akt zu erledigen hatte, wurde wiederum zum Menschen, den menschliche Not ergriff.

Es war aber auch sonderbar, wie dieser Angeklagte mich fesselte. Nicht nur derart, wie mich schließlich jeder Angeklagte fesselte, über dessen Leben ich zu entscheiden hatte.

Solch einen Namen und solch ein Aussehen! Als vor hundertfünfzig Jahren seine Ahnen bürgerliche Namen annehmen mußten, da fiel der Name danach aus, wie einer zahlen konnte.

Und daran hatte dieser hier zu tragen. Wie hatte sich da menschliche Bosheit mit der Tücke der Natur verbündet, um ihn mit dem Fluche der Lächerlichkeit, der Widerwärtigkeit zu beladen.

Und doch leuchteten in diesem Faunsgesicht die Augen eines Seraphs, und von diesem Kobold, wenn er sprach, erstrahlte ein Glanz und eine Würde, wie sie nur jenen eigen, die in Treue einer Sendung – der Kunst, der Wissenschaft, der Gotteslehre – dienen.

Wie mußte der Arme unter seinem Fluche leiden!

Und in mir wurde der heiße Wunsch lebendig, ihm zu helfen.

Fast drei Stunden währte die Beratung des Kriegsgerichts. Es war ein hartes Ringen um ein Menschenleben. Ich hatte nicht einmal sosehr gegen die Rassenvorurteile der anderen Offiziere anzukämpfen – sie waren gutmütig und gewissenhaft genug, sie beiseite zu stellen –, als gegen den klaren Wunsch des Generals, der einem Befehle gleichkam, den sie nicht wagten zu verletzen.

Endlich hatte ich sie soweit. Zu einer standgerichtlichen Verurteilung ist Stimmeneinhelligkeit erforderlich. Ich brachte eine Art Kompromiß zustande, so daß der eine Beisitzer – welcher demnächst nach einem anderen Kriegsschauplatz abging, also den Zorn Seiner Exzellenz weniger zu fürchten hatte – seine Stimme verweigerte. Ein Todesurteil konnte jetzt nicht mehr gefällt werden, wohl aber wurde eine mehrjährige Kerkerstrafe ausgesprochen.

Ich weiß nicht, wie es mir ergangen wäre, wenn ich mit diesem Urteil hätte vor dem General erscheinen müssen. Aber der Vormarsch der feindlichen Armeen und die Malaria kamen mir zu Hilfe. Ich erkrankte schwer, mußte ins Feldspital und wurde schließlich ins Hinterland abgeschoben.

So lernte ich ihn kennen, den Helden dieser Erzählung. Später – als sich, was ich berichten werde, zutrug – mußte ich oft denken: Wenn ich ihn damals doch hätte erschießen lassen – für die ganze Menschheit welch Verlust! Aber nein. Nur eine kurze, grauenvolle Episode war sein Leben und sein Werk.

Als der Krieg zu Ende war, hatte ich an der Wiederaufrichtung meines Berufes als Rechtsanwalt mühsam zu arbeiten.

Das merkwürdige Erlebnis der Standgerichtsverhandlung, eines unter vielen, war bald vergessen. Ich durfte kaum damit rechnen, meinen Schützling je wiederzusehen.

Aber ich sah ihn wieder. Sonderbar häufig, so daß ich an eine mystische Verbundenheit unserer Schicksale zu glauben begann.

Das erstemal war es im Schwurgerichtssaal, mitten unter den Zuhörern. Ich erkannte ihn sogleich, beachtete ihn aber weiter nicht, denn die aufregende Verhandlung verlangte meine volle Aufmerksamkeit. Unter den Leuten, welche mich nach Schluß der Verhandlung vor dem Eingang des Gerichts erwarteten, war auch er. Ich konnte nur einen freundlichen Blick des Wiedererkennens mit ihm tauschen und konnte sehen, daß er sehr bleich war und furchtbar ärmlich gekleidet. Dann verschwand er unter der Menge.

Eines Tages, als ich mit der Straßenbahn fuhr, sah ich ihn bei einer Haltestelle stehen, als Zeitungsausrufer. In der einen Hand hielt er sein Pack Zeitungen, in der anderen ein dickes Buch, worin er eifrig las. Ohne vom Buche aufzublicken, rief er mechanisch, mit schwacher Stimme seine Zeitungen aus, gerade noch deutlich genug, daß man seine jüdische Aussprache erkennen konnte.

Er war also völlig unter die Räder geraten. Da hatte meine Menschenkenntnis wieder einmal gründlich versagt. Ich hatte von ihm doch so viel erwartet.

Ich beschloß, seine Adresse zu erkunden und ihm eine Geldspende zukommen zu lassen.

Eines Nachts führte mich mein Weg durch die Tuchlauben. An der Ecke eines jener verrufenen Seitengäßchen, die dort münden, stand eine Gruppe Straßenmädchen. Mitten unter ihnen Margoschenes, der auf eine von ihnen eifrig einredete, halb bittend, halb feilschend. Von den Umstehenden zog die eine den Kopf tief zwischen die Schultern, ließ sich in die Kniebeuge nieder und watschelte so, mit gekrümmtem Rücken und herabbaumelnden Armen, im Kreise herum. Eine zweite begann mit den Händen wild zu gestikulieren und in krächzenden Kehllauten zu mauscheln. Und ringsumher wieherndes Gelächter, unflätige Witze.

Kein Wunder, daß er mit seiner Bewerbung durchfiel. Das gebot schon die Berufsehre der Umworbenen. Es war dies ein schönes, großes Mädchen; von ihrer stolzen Höhe herab maß sie ihn mit einem spöttisch-verächtlichen Blick, spie aus und sagte: »Drah Di', Flohbeidel jidischer. Glaubst, mir graust vor gar nix?«

Ich konnte mich nicht bezwingen, ich blieb stehen, um diese höllische Szene mitanzusehen. Aber nun, da sie zu Ende war, nun stürzte ich davon. Er sollte nicht wissen, daß ich Zeuge dieser schmählichen Erniedrigung war. Brennende Scham faßte mich; über ihn, über mich, über die ganze Menschheit. Ich eilte davon, um diesem Inferno zu entfliehen.

Vielleicht war's kurzsichtig und philisterhaft, aber ich muß gestehen, daß diese flüchtige nächtliche Straßenszene auf mich nachhaltig wirkte. Hatte ich ihn bisher bemitleidet, so wurde er mir nun widerwärtig und verächtlich.

Aber das Leben sorgt für überraschenden Szenenwechsel.

Ich schrieb damals an einem Roman und widmete dieser Arbeit jeden Augenblick meiner berufsfreien Zeit. Es war Frühling geworden. Ich fuhr hinaus in den Prater, um dort meinem künstlerischen Plane nachzuhängen.

Die Arbeit schritt erfolgreich vorwärts; eine langwährende Stockung war glücklich überwunden. Der Quell der Erfindung, der schon versiegt schien, begann wiederum zu fließen. Neue Ideen nahten sich, beglückend.

Versunken in meine Gedanken, war ich vom breiten Wege abgekommen in die buschbestandenen Auen. Als ich unversehens aufblickte, sah ich wenige Schritte vor mir Margoschenes.

Er stand da auf der blumenübersäten Wiese wie festgebannt und blickte auf einen blühenden Baum. Feierliche Sammlung, Ergriffenheit, Entzücken leuchteten in unsagbarer Hoheit aus dem entrückten Glanze seiner Augen.

Mich durchzuckte freudige Genugtuung. Also hatte ich mich doch nicht getäuscht in ihm. Er war der Mensch, für den ich ihn stets hielt, der außerordentliche.

Im schmutzigen Gewühl der Menschen wurde er verspottet und getreten; aber in der unentweihten Stille der Natur, hier offenbarte er sein wahres Wesen, ein heimlicher Herrscher.

Als ich auf ihn zutrat, schreckte er empor mit einer unwilligen Gebärde. Doch als er mich erkannte, streckte er mir freudig überrascht die Hand entgegen: »Das nenne ich eine merkwürdige Begegnung.«

»Auch ich. Ich habe Sie schon oft gesehen. Es war aber immer nur der äußere Rahmen, den ich zu sehen bekam, nicht das Bild selbst. Sie beschäftigen sich doch sicherlich mit geistigen Dingen. Woran arbeiten Sie eigentlich? Ich nehme unsere jetzige Begegnung als einen Wink des Schicksals. Wir werden uns endlich einmal sehen müssen, ohne es dem bloßen Zufall zu danken. Besuchen Sie mich doch. Da werden Sie mir erzählen, was Sie eigentlich treiben, was Ihr Lebensplan ist.«

Er nahm an, mit freudigem Danke.

Monate verstrichen, da überreichte mir eines Tages mein Diener eine Visitenkarte. Darauf stand: PAPILIO MARIPOSA. Meine Sprechstunde war zu Ende, ich ließ den also Angekündigten eintreten. Es war Margoschenes.

»Also Sie sind es«, rief ich ihm belustigt entgegen. »Darauf habe ich freilich nicht verfallen können. Übrigens ist es sehr vernünftig, daß Sie diesen unmöglichen Namen, der Ihnen doch auf Schritt und Tritt im Wege stehen mußte, weggeworfen haben.

Aber warum gerade MARIPOSA? Nun ja, der Anklang *Mar*goschenes, *Mari*posa. Das ist dieselbe Metamorphose, die aus den bescheidenen Raupen Kohn und Pollak die bunten Schmetterlinge Colbert und Possart macht. Apropos Schmetterling. Sie wissen doch, daß Mariposa auf spanisch Schmetterling heißt?

Und nun sagen Sie, warum haben Sie da als Vornamen – wenn man so sagen darf – Papilio gewählt? Papilio heißt doch auf Lateinisch auch Schmetterling. Warum dieser doppelte Schmetterling? Ist Ihnen so federleicht zumute, oder wollen Sie die Damen vor Ihrer Flatterhaftigkeit warnen?« Und ich beschaute mir sein kümmerliches Äußeres, das auf diese Frage eine trübselige Antwort gab.

Aber mit diesem Scherz war ich zu weit gegangen. Ich biß mir auf die Lippen und sagte: »Verzeihen Sie diesen dummen Witz. Ich frage da nach Dingen, die mich gar nichts angehen. Erzählen Sie mir lieber, wie es Ihnen seit jener Kriegsgerichtsverhandlung ergangen ist.«

Ich führte ihn in die gemütliche Ecke beim Kamin, holte Wein und Zigarren, und er begann zu erzählen in seiner einfachen und doch wirksamen Art.

Das Urteil war damals vom General nicht bestätigt worden. Infolge meiner plötzlichen Erkrankung wurde es ihm erst am zweiten Tag nach der Verhandlung vorgelegt. (Bekanntlich muß ein standrechtliches Verfahren innerhalb dreier Tage beendigt werden.) Der Divisionär schäumte vor Wut und befahl die sofortige Anordnung einer neuerlichen Standrechtsverhandlung, welche noch in den Abendstunden desselben Tages durchgeführt wurde.

Diesmal wäre er bestimmt zum Tode verurteilt worden, wenn nicht mitten während der Verhandlung schweres feindliches Artilleriefeuer eingesetzt und das Korpskommando den Befehl zum sofortigen Rückzug erteilt hätte.

Unter furchtbaren Strapazen, halb tot vor Erschöpfung und infolge der Ruhr, woran er erkrankt war, langte er endlich in Wien an.

Nach seiner Genesung nahm er seine naturwissenschaftlichen Studien wieder auf. Was er gerade brauchte, um nicht zu verhungern, verdiente er durch Schreibarbeiten, Botengänge, Zeitungsaustragen; wenn er Glück hatte, durch Privatstunden. Schlief in Massenquartieren, auf Bänken, unter Brückenbogen, hungerte, darbte, fror; immer wieder gehöhnt, gemieden, getreten.

Oft und oft wollte er mich aufsuchen, um mich zu sehen, um mir Dank zu sagen. Denn er wußte sehr wohl, daß er mir sein Leben zu danken hatte. Damals, während der Urteilsberatung des Standgerichts, als er zwei endlose Stunden auf die Entscheidung über Leben oder Sterben wartete, damals fühlte er mit jener Untrüglichkeit, wie sie uns nur im Angesichte des Todes beschieden ist, daß ich um sein Leben kämpfte. Nie würde er mir das vergessen.

Aber sooft er auch schon auf dem Wege war zu mir, immer wieder hielt ihn etwas ab: die Not, die aus seinen zerlumpten Kleidern starrte, die Scham, als Bettler zu erscheinen, die Furcht, ich könnte glauben, er käme nicht, um zu danken, sondern, um zu bitten. So mußte er sich damit begnügen, mein Schicksal von ferne zu verfolgen. Sowie er von einer Verhandlung hörte, bei der ich zu tun hatte, war er unter den Zuhörern, doch hätte er nie gewagt, mich anzusprechen. Auch nach meiner Einladung getraute er sich nicht zu mir.

Vielleicht wäre er auch heute nicht gekommen, hätte sich nicht in seinen äußeren Lebensverhältnissen ein bedeutsamer Wandel vollzogen. Vor kurzem erhielt er nämlich eine Verständigung der holländischen Behörden, daß dort ein Oheim von ihm – er war während des Krieges gleich vielen anderen Juden aus Galizien nach Holland geflüchtet – ohne Hinterlassung von Nachkommen gestorben war und ihn als den Letztüberlebenden der ganzen Familie zum Universalerben eingesetzt hatte. Die Verlassenschaft belief sich auf mehrere hunderttausend holländische Gulden in Bargeld und Wertpapieren, abgesehen von einem Haus samt Grundstück.

Er überreichte mir gelassen einige Urkunden, welche die Richtigkeit dieser Angaben bestätigten. Nun durfte er also kommen ohne die Gefahr einer Mißdeutung. Und er ergriff meine Hände und sagte mir innigen Dank.

Aber er kam auch als Klient. Von Geldsachen verstand er nichts, der Umgang mit Menschen, noch dazu der geschäftliche, war ihm unerwünscht. Darum bat er mich, ich möge seine Erbschaft in Holland realisieren, das Geld und die Wertpapiere beheben, den Grundbesitz und die sonstigen Fahrnisse versilbern. Das Vermögen, in dessen Besitz er gelangte, wünschte er folgendermaßen zu verwenden: ein Drittel als Stiftung für Krüppel und Mißgestalten, ein Drittel zum Ankaufe eines kleinen Landgutes in einer schönen Alpenlandschaft, wo er in aller Beschaulichkeit seinem Studium obliegen wollte, und den Rest als Kapitalsanlage, deren Erträgnisse ihm ein behagliches Auskommen sicherten.

Er war zu Ende. Ich schwieg und blickte zur Decke nach den Rauchwölkchen, die in der dämmrigen Höhe zerflossen. Seine Erzählung hatte mich merkwürdig ergriffen. Das Abenteuerliche dieses Schicksals, die zweimalige Rettung vor dem schon sicheren Tode, der märchenhafte Aufstieg aus tiefer Not zu glänzendem Reichtum; die ungekünstelte Gelassenheit, mit der er von all den Schrecknissen und Kümmernissen wie auch von seinem jähen Glücke sprach, die Demut, die er auch im Wohlstand bewahrte, die edle Hilfsbereitschaft, wie er seinen neuen Reichtum, statt ihn nach allem Elend unbedenklich zu genießen, mit den Unglücklichen teilte.

Wie reich mußte er doch sein, wenn Glück und Unglück, Armut und Reichtum so wenig über ihn vermochten! Wer so gelassen durch die Höhen und die Tiefen schreitet, wer mit solch unberührtem Gleichmut ins Dunkel und ins Helle blickt, dem muß ein überhelles Licht den Weg erleuchten.

Die Durchführung der Transaktionen, mit denen mich mein neuer Klient betraute, brachte es mit sich, daß wir uns von nun an häufig sahen. Aus den geschäftlichen Besuchen wurden bald freundschaftliche.

Ich schloß Freundschaft mit Mariposa, eine Freundschaft, die nicht etwa dem reichen Klienten, sondern dem edlen, bedeutenden Menschen galt, die um so inniger wurde, je schwerere Hindernisse sie anfangs zu überwinden hatte.

Zu diesen Hindernissen, ich gestehe es, gehörten nicht nur meine Verschlossenheit, der Unterschied des Alters und der Rasse, sondern auch die Häßlichkeit seines Äußeren und seiner Sprache. Es dauerte geraume Zeit, ehe ich mich mit ihm öffentlich zu zeigen getraute, und wenn man mich dann fragte, wer denn dieses kleine Scheusal gewesen sei, dann schämte und ärgerte ich mich. Aber diese kleinliche Eitelkeit war bald überwunden.

Mariposas Wissen war erstaunlich trotz seiner jungen Jahre. Abgesehen von der landläufigen allgemeinen Bildung war er auf das vollkommenste vertraut mit der Philosophie der Asiaten und Europas, der Gegenwart und der entlegensten Vergangenheit. Auch mit den verschiedenen Geheimlehren schien er sich angelegentlich zu befassen. Dabei war mir der wesentlichste Teil seiner Kenntnisse, sein eigentliches Fachwissen, nämlich die Naturwissenschaften, gar nicht zugänglich. Denn er hatte es bald gemerkt, daß ich mit ihm höchstens im philosophisch-historischen Bereiche halbwegs Schritt halten konnte, und er war viel zu taktvoll, um Wissensgebiete zu berühren, auf die ich ihm nicht folgen konnte.

Nicht sein Wissen war es, das mich ihm zum Freunde machte, auch nicht sosehr seine Herzensgüte, als vielmehr die zärtliche Liebe, mit der er an mir hing. Er war ganz einsam, hatte niemand auf der ganzen Welt, der ihm gut war, ich war der einzige Mensch, der ihm nahestand. Alle Schätze seines reichen Herzens verwendete, ja verschwendete er an mich. Es war rührend, fast beschämend, wie dieser überragende Geist meine Vorzüge schwärmerisch vergrößerte, wie er gleich einer zärtlichen Mutter meine Schwächen und Unzulänglichkeiten übersah, ja wie er sie liebte.

Für den Seelenforscher war es ein Studium von unerhörtem Reiz, wie dieser unermeßlich begabte Mensch, der aber von den anderen abgeschieden war durch seine Mißgestalt, sich zu der Welt und den Menschen stellte. Wie einsam er doch war! Einsam wie jedes Genie; doppelt einsam durch seine Häßlichkeit.

Eines Nachmittags war Mariposa wieder einmal in meiner Kanzlei zu Besuche.

Zuerst war von geschäftlichen Dingen die Rede, dann von wissenschaftlichen. Wir sprachen von Determinismus und Indeterminismus, also über die Frage nach der Freiheit der Selbstbestimmung des Menschen.

Mariposa schöpfte aus dem vollen. Mit spielerischer Leichtigkeit entwickelte er eine blendende Fülle von Gedanken, ein wahres Feuerwerk von Geist und Wissen, das – nur ganz nebenbei – den Gegenstand mit überraschend neuen naturwissenschaftlichen Argumenten beleuchtete. Ich wurde nicht müde, ihm zuzuhören.

Der Diener meldete, daß Désirée gekommen sei. Im Eifer des Gesprächs hatte ich vergessen, daß ich mit ihr vereinbart hatte, mich abends abzuholen.

Ich ließ Désirée bitten einzutreten.

Nun sahen die beiden einander zum erstenmal: Elfe und Waldschratt.

Nie werde ich den Blick vergessen, den sie tauschten. Was sprach doch alles aus dem Blicke Mariposas: Freude an der Schöpfung, Freude an der Schönheit, Bewunderung, Begehren – und schmerzliches Besinnen, schamvolles Entsagen. In Désirées Augen aber trat der Ausdruck unverhüllten Abscheus, belustigten Ekels.

Mir griff das ans Herz. Ich wollte auffahren, doch Mariposa trat auf mich zu, legte mir begütigend die Hand auf den Arm und flüsterte mir mit einer unendlich zarten Geste sanfter Überlegenheit zu: »Was wollen Sie denn? Ist's denn zu verwundern?«

Ich versuchte, irgendein gleichgültiges Gespräch in Gang zu bringen. Aber mein Bemühen blieb vergeblich. Désirée schwieg beharrlich, fast ostentativ. Mariposa war sichtlich bedrückt. Er, der sich noch vor wenigen Minuten als glänzender Sprecher erwiesen hatte, war befangen und brachte mühselig ein paar gequälte Redensarten hervor. Schließlich machte er der peinlichen Situation ein Ende, indem er sich verabschiedete.

An jenem Abende hatte ich zum ersten Male ein Zerwürfnis mit Désirée. Wir waren kaum allein, als sie mit Vorwürfen begann: »Wenn du von Klienten und Freunden nichts Interessanteres auf Lager hast als diese Mißgeburt, so verzichte ich auf weitere Bekanntschaften. Jud, Jud« – sie verfiel in einen jüdischen Singsang –, »aber ein so mieser Jud! Den kannst du einem Panoptikum oder Museum vorstellen, aber nicht mir.«

»Du hast richtig vermutet, Désirée. Ich habe tatsächlich nichts Interessanteres auf Lager. Du verwechselst die Begriffe interessant und elegant. Die interessanten Menschen sind meist unelegant, und die eleganten sind nur selten interessant. Ich wußte bisher nicht, daß für dich nur die Eleganten auch interessant sind.

Du verstehst es übrigens meisterhaft – wie alle Frauen –, den Spieß umzudrehen. Meinen Gast brüskierst du, und statt dich wegen dieser Taktlosigkeit zu entschuldigen, spielst du die Gekränkte.

Warum hast du ihn beleidigt? Nur weil er häßlich ist. Hat er dir etwas zuleide getan? Hast du bedacht, wie sehr er unter seiner Häßlichkeit leiden muß? Hast du denn seine Befangenheit nicht bemerkt, nicht sogleich ihre Ursache erkannt? Weil ihm seine Häßlichkeit angesichts deiner Schönheit doppelt schmerzlich fühlbar wurde.«

Es war mir gelungen, das Grundstück, welches Mariposa in Holland geerbt hatte, um einen unerwartet günstigen Preis zu veräußern.

Einige Tage später wurde ich von meiner Bank verständigt, daß die gesamte Barsumme der Verlassenschaft, einige fünfhunderttausend holländische Gulden, für Mariposas Rechnung überwiesen worden sei. Das war für österreichische Begriffe ein ganz gewaltiges Vermögen.

Ich rief ihn sogleich an und teilte ihm die freudige Nachricht mit: »Das müssen wir begießen, Mariposa. Man gibt heute in der Oper ›Fidelio‹. Ich schlage vor, daß ich für uns drei – Désirée, Sie und mich – eine Loge nehme. Und nachher gehen wir in eine Bar. Désirée hat eingesehen, daß sie sich letzthin ungehörig benommen hat. Sie wird von nun an sehr nett zu Ihnen sein.«

Während der Vorstellung blickte ich nur selten auf die Bühne, da mir die wohlbekannte primitive Handlung nichts, die von mir so sehr geliebte und bewunderte Musik alles bedeutete. Wie doch jedes nichtssagende Wort des unbeholfenen Textes, getragen von den mächtigen Schwingen dieser Musik, in ungeahntem Glanze erstrahlte!

Während ich nun, gänzlich ihrem Zauber hingegeben, vor mich hin starrte, streifte mein Blick zufällig Mariposas. Ich konnte ihn fortab kaum mehr abwenden, so sehr fesselte mich der Ausdruck seines Gesichtes.

Es war wie Verklärung, die sich über seine Züge ergoß, die ihre Häßlichkeit vergessen ließ. Wie unter einem Blütenregen neigte er sein Haupt, und dankbares Entzücken, schwärmerisches Sichbesinnen, ungeheuere Entschlossenheit leuchteten aus seinen Augen in wunderbarem Wechsel. Wie jemand, der in heiligem Glanze seines Lebens Ziel erschaut und nun aus tiefstem Grunde seines Herzens gelobt, sie ihm zu weihen.

Immer wieder erinnerte er mich an Beethoven. Ein einsamer Genius, doch verschlossen, abgeschlossen von der Welt durch seine Häßlichkeit, und in gewaltiger Zusammenraffung seiner Kräfte schafft er Wunderwerke jenseits des Begreiflichen.

Was werden wohl die Wunderwerke sein, die dieser andere Beethoven ersinnt? Hält er sie noch geheim, hat er sie noch nicht vollendet?

Nach der Theatervorstellung gingen wir in eine Bar. Wir besetzten eine Loge, so daß wir nur von den servierenden Kellnern gesehen wurden und von den Tanzpaaren, wenn sie auf dem Parkett an uns vorbeiglitten. Mariposa hatte seinen Platz überdies so geschickt gewählt, daß er hinter dem großen Blumenstrauß, der den Tisch schmückte, fast unsichtbar blieb.

Ich bestellte Sekt, denn ich war in festlich heiterer Stimmung. Mariposa war in den Besitz eines Vermögens gelangt, das ihm zeitlebens behaglichen Wohlstand sicherte. Mir selbst hatte er – heute nachmittag war es – als Entgelt für meine anwaltlichen Leistungen eine Summe angeboten, deren gewaltige Höhe meine berechtigten Ansprüche um ein Vielfaches übertraf. Ich wies das Übermaß zurück, denn ich erblickte darin – daraus machte ich ihm kein Hehl – kein Anwaltshonorar, sondern eine Art Lebensrettungsprämie für mein Verhalten bei der Kriegsgerichtsverhandlung. Doch bestand er darauf, daß ich es annehme, wenn schon nicht als Entgelt für meinen geleisteten, so doch als Vorschuß für meinen künftigen Beistand, dessen er nie würde entraten können.

Ich war eben im Begriff, mein Glas zu erheben, um einen kleinen Toast zur Feier des heutigen Tages zu halten, da wurde ich von einem der Tanzpaare – es war einer meiner besten Klienten und dessen Frau – bemerkt. Der Mann unterbrach den Tanz und trat auf unsere Loge zu. Ich ging ihm entgegen, geriet ins Gespräch und konnte seiner Einladung, ihm an seinen Tisch zu folgen, nicht wohl abschlagen.

Dank meiner aufgeräumten Stimmung war unsere Unterhaltung sehr angeregt. Die Höflichkeit gebot, daß ich die Frau meines Klienten – übrigens eine sehr elegante Dame – zum Tanz aufforderte. So verstrich die Zeit wie im Fluge, und als ich auf die Uhr sah, bemerkte ich zu meiner Bestürzung, daß ich Désirée und Mariposa über eine halbe Stunde allein gelassen hatte.

Ich war auf Schlimmes gefaßt, als ich an meinen Tisch zurückkehrte. Denn Désirée verstand in solchen Dingen keinen Spaß. Sie war sehr empfindlich und duldete keine anderen Götter neben sich.

Aber ich sollte angenehm enttäuscht werden. Die beiden waren in ein angelegentliches Gespräch vertieft und hatten meine Abwesenheit vielleicht gar nicht bemerkt; zumindest schienen sie meine Anwesenheit kaum zu merken.

Erst nach einer geraumen Weile – es war eine Gesprächspause eingetreten – sagte Désirée ganz nebenhin, ohne auch nur aufzublicken: »Warum hast du denn deine Gesellschaft« – und sie deutete auf den Tisch meines Klienten – »schon so bald verlassen? Dieses Opfer war doch nicht nötig. Du siehst, ich unterhalte mich mit Herrn Mariposa sehr gut.«

Der Hieb tat gar nicht wehe. Weit größer war die – Freude, daß die beiden mir so lieben Menschen sich nun endlich gut vertrugen.

Ich wagte kein Wort des Widerspruchs, sondern tat das Beste, was ich tun konnte: ich neigte mein Haupt in reuevoller Demut und schwieg und hörte weiter dem Gespräch der beiden zu.

Und es verlohnte sich wahrhaftig, zuzuhören. Nicht weil es so geistreich oder gelehrt, sondern weil es ungeheuer fesselnd war, zu beobachten, wie sich diese beiden Menschenkinder, die Verkörperung äußerster Gegensätze, zueinander einstellten.

Désirée war höflich, ruhig und freundlich. Keine Spur von der abweisenden Kälte, mit der sie ihn das erstemal behandelt hatte. Sie, die sonst mit vorschnell absprechenden Kritiken, mit gehässigen Verallgemeinerungen sehr rasch bei der Hand war, vermied ängstlich alle Härten und Schärfen. Nicht etwa bloß ihrem Partner gegenüber, sondern auch in der Beurteilung völlig außenstehender Dinge und Menschen. Es war, als ob sie fürchtete, Mariposa könnte jede abfällige Bemerkung, mochte sie auch einen ganz fernliegenden Gegenstand betreffen, irgendwie auf sich beziehen und sich darüber kränken. Ihre Äußerungen hätten jeder Redeübung in einer höheren Töchterschule, jedem regierungstreuen Leitartikler zur Zierde gereicht.

In ihrem Gehaben lag jene respektvoll-behutsame Vertraulichkeit, wie sie ein wohlerzogener junger Mann einer lieben alten Dame gegenüber an den Tag legt. Es fehlte jenes Fluidum der Anziehung und Abwehr, wie es sonst in den Gesprächen junger Leute verschiedenen Geschlechts geheimnisvoll spannend mitschwingt.

Mariposas ganzes Wesen war eine Huldigung vor Désirée. Nicht in Worten drückte er sie aus, denn er wagte auch nicht das schüchternste Kompliment, sondern in der scheuen Bewunderung durch seine Blicke, in der mühsam verhaltenen Zärtlichkeit, mit der er ihrer Rede lauschte.

Und wie er zu erwidern wußte! Sein Gespräch glich einem Zauberspiegel, der den erschauten Gegenstand in vielfärbigem Glanze, in vielfältiger Schönheit widerstrahlt.

Was er beantwortete, waren gar nicht Désirées Gedanken, das war der ungeahnte tiefere Sinn, den er ihren Worten unterlegte, in seiner Gegenrede bestätigte, vertiefte und verschönte. Der ungestalte Bücherwurm erwies sich da mit einem Male als der vollendetste Charmeur.

Es war wie eine Szene zwischen Hofnarr und Prinzessin, aus einer ritterlichen spanischen Romanze, einer schwermütigen schottischen Ballade hierherverzaubert in diesen wohlig dämmerigen Raum mit seinen matten Lichtern, seiner sehnsüchtigen Musik. Es war ein köstliches, einmaliges Erlebnis, das ich mit allen Sinnen aufnahm, seiner Unwiederbringlichkeit bewußt.

Ich nicht allein. Aus einer Nebenloge hörte ich eine leise Frauenstimme: »Stoppen Sie jetzt ein wenig und lassen Sie mich dem Gespräch neben uns zuhören. So etwas hört man nicht alle Tage.« Dann wurde es daneben stille, und nach einer kleinen Weile schimmerten über der Wand, die beide Logen trennte, goldblonde Locken, und allmählich wurde, leise emportauchend, ein ganzes Antlitz sichtbar, ein blühend schönes Mädchenangesicht. Neugierig schüchtern spähte es zu uns herüber, um zu ergründen, aus wessen Munde die berückenden Orakelsprüche kämen, die da mit wohllautender Stimme aus der Tiefe tönten. Doch als sie den Sprecher gewahrte, da erlosch das bewundernde Leuchten ihrer Augen wie in jähem Entsetzen, und das Köpfchen verschwand.

Zum Glück sah's niemand außer mir.

Désirée atmete den Opferweihrauch, den ihr Mariposa streute, mit ein wenig übertriebenem Wohlgefallen und vergalt seine Huldigungen mit einem Lächeln, das mir bisweilen gezwungen schien, und mit Lobsprüchen, die sie geschmackvollerweise nicht seiner Männlichkeit, sondern seinem Geist und Wissen spendete. Mir wurde es immer klarer, daß ihre Liebenswürdigkeit weit weniger der Freude an seiner Bewunderung als dem Ärger über meine Nachlässigkeit entsprang und daß sie damit nicht sosehr ihn erfreuen als mich verletzen wollte.

Ich hielt es für das beste, wenn ich Mariposa immer wieder nötigte zu trinken. Er trank; vielleicht aus Höflichkeit, vielleicht, um zu vergessen. Und es kam auch über ihn wie ein Rausch. Nicht vom Wein; es war eine Trunkenheit der Gefühle, kein schwermütiger Rausch, eher ein Rausch der Schwermut. Wie ein Orkan der Trauer fegte es über sein Angesicht und verdunkelte seinen lechzenden Blick. Immer einsilbiger wurde er und versank endlich in trübem Sinnen.

Es war spät geworden und im Saale stille. Ich wollte in solch trübseliger Stimmung nicht den Tag beschließen, und um die Situation zu retten, schenkte ich ein, trank ihnen zu und rief: »Kinder, nun müßt ihr beide einmal miteinander tanzen, junge Leute sollen tanzen.«

Kaum hatte ich es gesagt, wollte ich's zurücknehmen; denn mir ahnte Böses. Doch zu meinem Erstaunen erhob sich Mariposa. Mit starrem Blick stieg er hinab auf das Parkett und verbeugte sich vor Désirée wie unter einem magischen Befehl.

Auch Désirée erhob sich, indem sie mich mit einem kalt flammenden Blicke streifte.

Da standen sie einander gegenüber in dem weiten, leeren Saale, die Personifikationen feindlich fremder Welten: Nymphe und Waldschratt, die schöne Germanin und der mißgestaltete Jude. Gleich einem flammenden Engel des Unheils musterte sie ihn von ihrer stolzen Höhe, und als er auf sie zutrat, um mit ihr zu tanzen, wich sie zurück mit einer abwehrenden Geste.

Ich schnellte auf von meinem Sitze und fuhr dazwischen, als ob sie ihn gezüchtigt hätte. Und sah in seine Augen.

Zweimal in meinem Leben begegnete ich solch einem Blicke. Im Krieg, von einem Gefangenen – der wegen einer geringen Widersetzlichkeit zum Tod verurteilt wurde –, als er sterben mußte. Und auf der Jagd, von einem Hirschen, den ich zu Tod getroffen hatte.

Und zum dritten Male. Derselbe Ausdruck stummer Qual, dieselbe Anklage gegen den fernen Schöpfer, daß er solch sinnlose Grausamkeit geschehen lasse.

All das dauerte nur einen Herzschlag lang. Désirée erkannte, was sie da angerichtet hatte. Aus der abwehrenden Geste suchte sie eine Bewegung des Schmerzes zu machen, führte – ein wenig spät – die Hand an den Kopf und entschuldigte sich mit Migräne.

Ich unterfaßte beide und rief mit gespielter Lustigkeit: »Auch recht. Mit Kopfschmerzen kann man wirklich nicht tanzen. Aber es gibt Dinge, die noch viel schöner sind als tanzen. Zum Beispiel Bruderschaft trinken. Kommt, Kinder, gebt euch den Bruderkuß.«

Das sollte zugleich für Désirée eine Strafe und eine Genugtuung für Mariposa sein.

Und mit sanfter Gewalt schob ich beide gegeneinander zu.

Willig beugte sich Désirée nieder, um Mariposa zu küssen. Aber er wich zurück, wie um eine unverdiente Gnade abzuwehren, sah sie an mit einem unbeschreiblichen Blicke, ergriff ihre beiden Hände und küßte sie, sich demütig verneigend.

In den nächsten Tagen ließ sich Mariposa nicht blicken. Ich begann zu fürchten, er könnte nachhaltig verstimmt sein, doch war ich so sehr beschäftigt, daß ich nicht dazu gelangte, mich mit ihm ins Einvernehmen zu setzen.

Endlich meldete er sich. Auf meine Frage, warum er so lange nichts von sich habe hören lassen, erwiderte er, er hätte eine dringende Arbeit gehabt.

Ich horchte erstaunt auf, denn meines Wissens hatte er sich von aller praktischen Tätigkeit zurückgezogen: er konnte also wohl keine dringenden Arbeiten haben.

Als er mein Erstaunen wahrnahm, bemerkte er: »Ich bin gekommen, um Ihnen diese Arbeit zu zeigen. Wenn Sie es gestatten, lasse ich sie hier. Seien Sie so gütig, sie zu lesen und mir Ihr Urteil zu sagen.«

Damit überreichte er mir ein Manuskript und verabschiedete sich.

Ich lasse es im Wortlaut folgen.

DIE TRAGÖDIE DER HÄSSLICHKEIT

In einen Zaubergarten wollte ich dich führen, lieber Leser. Da blühen Rosen, hoch und mächtig wie uralte Eichen. Die Lilien, die Veilchen und die Hyazinthen verbergen ihre Wipfel in den Lüften und tief zu ihren Füßen, wie Moos, so niedrig und so zierlich, ducken sich die Ulmen, Linden, Tannen.

Der wilde Duft der seltsam übermächtigen Gewächse entzündet und bedrückt die Sinne, und aus dem vielstimmigen Sang der Vögel, aus dem leisen Rauschen der verborgenen Brunnen widerhallt dir deines zart gehegten Kummers süße Qual.

Durch einen Nebelschleier blickst du auf die Menschen, ihr Sinnen und ihr Wirken ist dir fremd und ferne; die großen Weltbegebenheiten, das tückisch-kurzweilige Spiel um Macht und Ehre bleibt dir unverständlich.

Der Garten ist geschmückt mit Bildern einer Frau. Auf allen Wegen, in allen Nischen findest du das Bildwerk dieser Frau, bald zürnend, bald liebend, betrübend und beglückend. Über alle Gipfel, über alle Maße ragt ihr Weihtum, weithin überschattet es die Landschaft.

Ihr kennt den Garten, den ich meine; denn wer ihn je betrat, vergißt ihn nie: den Zaubergarten sehnsuchtsvoller Liebe, die Stätte holden Trugs, den friedlosen Bezirk maßlosen Wahns.

Adalbert von Achenbach galt zur Zeit für einen der vornehmsten Poeten deutscher Zunge. Seine Bewunderer priesen ihn als den edelsten Verkünder deutschen Wesens, und auch seine Gegner anerkannten, daß er sich fernhielt von dem Gezänke und Gefeilsche des marktenden Alltags, gänzlich hingegeben seiner dichterischen Sendung.

Er wohnte in derselben Stadt wie Mario. An Nachmittagen pflegte er sich in den Augen des Stadtwäldchens zu ergehen, seitab von den belebten Wegen, versunken in seine Entwürfe.

So finden wir ihn eines stillen Nachmittags auf der gewohnten Wanderung. Der Tag war herbstlich klar, und seine sanfte Heiterkeit begünstigte poetische Betrachtung.

Einsam ging Achenbach dahin. Sein Antlitz trug den Ausdruck leidender Ergriffenheit und dankbarer Verzückung. Derselbe Ausdruck war's, ins Geistige erhoben und ins Männliche gesteigert, den jener Maler seiner Danaë verliehen hatte: die Freude der Empfängnis von der Gottheit.

Der Zufall führte Mario desselben Weges. Auch er kämpfte mit der Gottheit. Er hoffte von der Stille, daß sie tönen werde, er hoffte, seine Qualen zu gestalten. Gebeugten Hauptes kam er daher, wie einer, der unendlich steile Höhen zu erklimmen hat, zornige Entschlossenheit in seinen Zügen.

Ein seltsam unvergeßliches Widerspiel: der Kämpfer und der Sieger, die verzweifelnde Jugend und die triumphierende Männlichkeit, der Flehende und der Begnadete.

Mario blickte auf. Sogleich erkannte er die ihm aus manchem Buch so wohlbekannten Züge, sogleich begriff er, welches Glück den anderen just erfüllte. Daß er ihm jetzt begegnen mußte, dem Glücklichen, dessen ausgezeichneter Name ihn so oft zu neuen Mühen mahnte, gerade jetzt in seinen schweren Kämpfen, das brachte ihm seine Not doppelt schmerzlich ins Gedächtnis. Doch nahm er's auch als eine gute Vorbedeutung: Wer auf wildem Meere treibt, freut sich, wenn er unversehens das ersehnte Eiland schaut, wenn er auch nicht weiß, ob er es erreichen wird. Tränen traten ihm in die Augen, und er grüßte so tief und demütig, wie er keinen Fürsten gegrüßt hätte. Und ging des Weges wie einer, der auf fremdem Grunde von dessen mächtigem Gebieter betreten wird und der von dannen schleicht, nun seiner Armseligkeit erst recht bewußt.

Doch Achenbach hatte wohl erkannt, welch seltsamen Gefühlen diese Huldigung entsprang; sie rührte ihn. Wenn wir reichlich bedacht wurden, treibt uns das überquellende Gefühl des Glücks, den ersten besten Bettler auf der Straße zu beschenken. Er kehrte um, blickte Mario prüfend ins Angesicht, als wollte er sich seines Eindrucks nochmals vergewissern, und fragte mit einem strahlend gütigen Lächeln: »Sie schreiben etwas?«

Mario stammelte ein Ja.

Wohl selten ward eine Lüge gläubigeren Sinnes vorgebracht. Denn was schrieb er denn, was hatte er geschrieben? Er *wollte* schreiben.

»Kann ich Ihnen helfen? Suchen Sie mich einmal auf: Sie wissen, wo ich wohne.«

So war sein Hoffen nicht vergeblich gewesen! War diese Begegnung nicht ein Fingerzeig, der ihn auf seine Sendung hinwies? Hatte ihn nicht der untrügliche Blick des Dichters als einen Schaffenden erkannt?

Und er schloß sich ein, und in zwei drangvoll reichen Tagen schrieb er nieder, was ihm Herz und Sinn bewegte.

Ein Roman war es. Das heißt, um bei der Wahrheit zu bleiben, ein Roman sollte es werden; vorderhand war es nur ein Romankapitel. In selbsterzählender Form berichtet der Held seine Erlebnisse.

Als er es vollendet hatte, war sein erstes Vorhaben, Achenbach aufzusuchen. Nun hatte er doch, wie er es auszudrücken pflegte, seine Existenzberechtigung bewiesen und brauchte nicht mit leeren Händen vor ihn hinzutreten. Auch schwebten ihm irgendwie Erinnerungen aus der Literaturgeschichte vor: Schubert, der zu Beethoven, Grillparzer, der zu Goethe wallfahrte.

Freilich, als er in dem vornehm-ruhigen Gartenviertel angelangt war und nun Einlaß begehrend vor der Villa des Dichters stand, da überkam unsern Adepten ein gelindes Bangen, ob er die Probe wohl bestehen werde. War's das Gefühl der Unzulänglichkeit, das jeden Prüfling vor der Prüfung überfällt, war es der sinnfällige Eindruck dichterischen Ruhms, den dieses prächtige Haus vor ihm, erbaut aus den Erträgnissen der Kunst, gleichsam verkörperte – kurzum, er wagte nicht, den Druckknopf an der Klingel zu berühren. Wozu das Schicksal auf die Probe stellen? War's nicht zumindest besser, noch zu warten und dann mit einem Großen, Ganzen vor ihn hinzutreten? War's nicht sein sicheres, unwiderrufliches Todesurteil, wenn er auch heute hier verworfen würde? Aber nein – war das denn möglich?

Er drückte auf den Knopf – nun hatte er die Brücken hinter sich verbrannt.

Der Raum, in dem er warten mußte, schien ihm, der den bescheidenen Prunk kleinbürgerlicher Stuben gewohnt war, wie das Arbeitszimmer eines Fürsten. Und doch war es mehr – das fühlte er – als derlei ererbte, gedankenlose Pracht. Denn jede dieser hundert Kostbarkeiten – mochte es nun ein Falzbein sein, ein Briefbeschwerer, eine Vase oder sonst ein zierliches Figürchen – jede sprach von dem Besitzer. Das eine hatte er vielleicht auf einer fernen Reise nach sorgfältiger Wahl erstanden, das andere schien die Huldigung eines Verehrers, das dritte war wohl ein Geschenk von lieber Hand. Über all dem lag ein Hauch von kunstreich-ruhevoller Sammlung und Betrachtung. Und durch die breiten Fenster leuchteten die sanften Linien der Berge.

Mit heißer Kraft durchloderte es Mario: Lieben, um zu schaffen, schaffen, um solche Macht und Pracht zu erringen!

Achenbach war eingetreten. Er hatte Mario zunächst nicht wiedererkannt – wie dies kein Wunder war bei der großen Menge von Besuchern, die er empfing –, und dieser mußte ihn mit kurzen Worten an die Begegnung in den Auen erinnern. Nun fragte er nach seinem Manuskript; war es umfangreich, so möge er es hinterlassen, war's kurz, so könne er es sogleich vorlesen.

Mario begann zu lesen, die Stimme stockend, fast versagend; war's doch sein Innerstes, das er enthüllte, sein eigenster verzweiflungsvoller Kampf; war's doch sein künftiges Geschick, um das er lesend warb.

Achenbach hörte zu, das Haupt tief auf die Hand gestützt, um durch den Blick die Scheu des Lesenden nicht zu vermehren; in lächelnder Ergriffenheit, das alte Lied, das junge Leid, das er der Jugend heimlich neidete, wieder zu vernehmen. Wie war's doch köstlich, von solch einsam sicherer Höhe die Leidenschaften anderer zu betrachten!

Und Mario las, indes die Abenddämmerung sich leise niedersenkte: »Verachtet mir die Liebe nicht – wie auch ich alter Mann sie nicht verachte. Die Liebeslieder Siebzehnjähriger – ihr lächelt über sie. Ich aber sage euch: Ehrfurcht auch vor dieser Liebe; denn sie ist es, auf welche Gott mit größtem Wohlgefallen blickt. Die Liebe offenbart, zu welchem Ziel den Liebenden die Vorsehung erkor. Der Vogel singt nur, wenn er liebt, denn würdig will er sich erzeigen. So auch der Mensch: Er singt das Lied, das ihn die Vorsehung hat singen heißen. Vielfältig ist das Lied, so vielfach Menschenkunst und Menschenwissenschaft.

Darum: Ist einer darnach angetan, daß er die Sterne soll erforschen, sicherlich wird er, wenn er liebt, dies mit erhöhtem Eifer tun; gilt's doch, zu zeigen, was er kann! Und ist es einem von der Schöpfung ins Gehirn gelegt, daß er ein großer Brückenbauer wird, er wird kühn're Pläne denken, wenn er liebt.

Doch was macht die große Menge derer, die von der Natur keinen Auftrag haben oder die sich ihrer künftigen Sendung noch nicht bewußt sind? Auch sie müssen einen Schlüssel ihrer Seele suchen. Und da es nichts gibt, das ihnen ihr Leid eher erleichtern würde, nichts, das schneller in die Unendlichkeit führte – so dichten sie. Daher die vielen Gedichte.

Auch ich war einer der vielen ohne Sendung. Auch ich dichtete, und das kam so: Ich hatte mich wundgesucht nach dem Glück, und so beschloß ich, es bei der gangbarsten Gelegenheit zu erhaschen, beim Tanze. So ging ich eines Abends wiederum zum Tanze.

Ich kam aus einer jener weltschmerzlichen Stimmungen, wie wir sie mit siebzehn so häufig erleben, wo wir Vulkane in uns fühlen, wo wir uns groß dünken und bereit sind, alles zu bejahen oder alles zu verneinen, und die wir doch nicht mit einem Worte erklären können.

Da sah ich, umringt von einem Schwarm von Tänzern, ein junges Mädchen. Es war sehr schön. Es war so schön – doch erlaßt mir die Beiwörter.

Da erfaßte mich der Taumel, und ich ging hin, um mit der jungen Schönen zu tanzen.

Ich mochte mich recht komisch ausgenommen haben, ich häßlicher kleiner Gesell mit der düstern Miene.

Ich kam heran. Da sah mich die Schöne mit einem so unverhohlen staunenden Blick an, daß ich ganz bestürzt ward und erkannte, welche Kühnheit es doch sei, wenn die Häßlichkeit mit der Schönheit tanzen wolle.

Und ich stammelte eine Entschuldigung und zog mich verwirrt zurück, begleitet von mitleidigen und spöttischen Blicken.

Das ist die ganze Äußerlichkeit meiner Tragödie.

Als ich nach Hause kam, weinte ich bittere, verzweifelte Tränen und schlug mich ins Gesicht und verwünschte meine Häßlichkeit, deren ich mir erst jetzt bewußt ward. Und ich schrie nach Erlösung.

Und wie denn unsere Erlösung eben darin besteht, zu erklären und zu verklären, und wir uns in unserem Leide an die Dichtung schmiegen und an die Philosophie, die Spenderinnen dieser Gaben, klammern, so schrieb ich ein philosophisches und ein poetisches Stücklein.

Zunächst das philosophische Stück, die Erklärung:

Häßlich sein und deshalb nicht geliebt werden und deshalb dort anbeten, wo andere schwelgen – welch Unglück! Warum muß ich zurückstehen im Getriebe des Lebens, weil ich stier und traurig blicke, weil meine Finger stumpf und meine Beine kurz sind, indes mein Nebenbuhler schön und froh, mit heiterem Blick, mit ebenmäßigen Gliedern? Und doch fühle ich mich als den Besseren, wenngleich ich meine Häßlichkeit erkenne. Der Einfältige aber, weiß er, daß er einfältig? Wächst er nicht, sowie er seine Einfalt erkennt, über sie hinaus?

Kann man das Ebenmaß der Glieder und das Ebenmaß der Seele wirklich in eine Linie stellen? Es ist nicht auszudenken; man stößt mit bebenden Lippen und sprachlosem Munde an den harten Zwang der Natur: Man kann besser werden, doch man bleibt häßlich.

Kann man eine Tragödie der Häßlichkeit schreiben, und wäre man mit Gnadengaben bedacht? Nein, denn das ist der Fluch, daß das Häßliche gleich einem eklen Gebresten alles um sich ergreift, daß es in sich schwach ist. Was wäre eine Tragödie der Häßlichkeit anders als häßlich?

Das Häßliche ist schwach. Satan ist kein schöner, gefallener Engel, er ist ein häßlicher Unhold, der sich krümmt vor der Schönheit Gottes, die er nicht erreichen kann. Hagen ist nicht der stolze Recke, er ist ein häßlicher Einäugiger, der in seiner Häßlichkeit trauert und den schönen Siegfried vernichtet, damit er seine Häßlichkeit mit ihm vernichte. Denn der Häßliche ist es, weil die Schönheit besteht. Drum muß er sie bekämpfen, wie sehr er trauert und sie bewundert. So löst sich alles in die beiden Prinzipien Ormuzd – Ahriman, Sonne – Finsternis.

Die Schönheit aber braucht das Häßliche. Was ist der einsame Narzissus? Er vergeht. Stelle ihm einen Satyr zur Seite – er wird nicht vergehen nach sich selbst, er wird sich freuen seiner selbst.

Der Schöne liebt nur die Schöne, und nur dem Schönen schenkt sie Gegenliebe. Doch der Häßliche, liebt er die Häßliche? Ach, die Welt ist eine Tragödie der Häßlichkeit.

Nachdem ich also mein Leid auf hohe Staffel erhoben und es dadurch zu töten glaubte, daß ich's in die Allgemeinheit rückte, wollte ich's erklären: Hier die Poesie:

Sokrates, von dem bekannt ist, daß er ein Bildhauer gewesen, war in Wahrheit auch ein großer Maler. Von seinen Bildwerken ist jedoch nichts auf uns gekommen, und das kam also: Sokrates hatte ein Bild vollendet, dessen Seltsamkeit alle Betrachter erstaunte. Das Bild stellte den Olympos dar, die Gefilde der Götter in heiterer Schönheit. Die Unsterblichen tanzten einen Reigen. In der Mitte stand Aphrodite und vor ihr ein Mensch, ein häßlicher, in Lumpen gehüllt. Traurig stand er vor der Knydierin, die ihn erstaunt lächelnd anblickte. Auch die andern Götter rings im Kreise blickten auf den Menschen, höhnisch lächelnd. Denn man sah es an den Gebärden des Häßlichen, daß er an die Aphrodite herangetreten war, um mit ihr einen Reigen zu tanzen, doch zurückwich vor ihrem niederschmetternden Lächeln, zur großen Heiterkeit der Götter. Und der Mensch trug die Züge des Sokrates, die Aphrodite die der Aspasia.

Als nun Perikles das Bild betrachtete, konnte er dessen Sinn nicht ermessen, sosehr auch seine Schönheit ihn ergriff. Er fragte den Sokrates: ›Wie kommt es doch, Sokrates, daß du solch ein Bild schufst, das keinem all derer gleicht, die bisher sind von Menschen gefertigt worden? Und wie kommt's, daß du dem Menschen deine und der Aphrodite der Aspasia Züge verliehen hast?‹

Darauf Sokrates: ›Dieses Bild ist nicht bloß Erfindung, ich habe dieses Bild erlebt.‹

Als alle neugierig fragten, hub er an: ›Es war an einem schönen Frühlingstage; da tanzten draußen im Haine die Jünglinge und die Mädchen.

Mein Herz war erfüllt von der Schönheit aller Dinge, berauscht vom Klange der Zytheren und dem jugendlichen Frohmut der Tanzenden.

Ich trat an eine der Jungfrauen heran, um mit ihr zu tanzen. Die Jungfrau war Aspasia.

Doch sie blickte mich spöttisch an und sprach: ›Mit dir tanze ich nicht, häßlicher Bock.‹

Traurig schlich ich mich von dannen und sann nach über das Wesen der Häßlichkeit; doch konnte ich es nicht ergründen.

Da, eines Nachts, da war es mir, als riefe eine Stimme: ›Erhebe deine Häßlichkeit, erhebe deine Schmerzen zu den Göttern!‹

Und ebenjenes Bild, dessen Erinnerung mich so sehr bedrückte, ich sah es wiederum, in strahlender, entrückter Schönheit. Dies hier ist jenes Bild!‹

›Glücklicher Sokrates‹, sprach Perikles, ›so schenkte dir ein Gott die Gabe, deinen Leiden Gestalt zu verleihen. Wie unglücklich wärest du, wenn du dieser Gabe entbehrtest.‹

›Dann empfände ich nicht sosehr den Kummer meiner Häßlichkeit.‹

›Doch sage mir, warum hast du den Olympos dargestellt, und was soll auf dem Bilde die große Menge derer, die da tief unten gegen die Himmel zu drängen scheinen?‹

Da lächelte Sokrates und sagte: ›Die Götter sind nicht gütig, sie geizen mit dem Glücke ihrer Schönheit. Doch einst könnten die Armen und Häßlichen sich zusammenscharen und den Himmel für sich fordern.‹

›Und wer wird ihnen den Weg weisen?‹

›Ein neuer, unbekannter Gott.‹

Da sprach Perikles: ›Wehe, Sokrates! Wie vergehst du dich gegen unsere Gesetze? Du stellst die Häßlichkeit dar, die verpönt ist auf unseren Bildwerken. Du gesellest dich als Mensch zu den Göttern und verkündest durch dein Bild neue abtrünnige Gedanken. Gehe hin und verbrenne es.‹

Und so verbrannte Sokrates sein Bild.

Doch was halfen mir meine Gedichte? Mein Leid war stärker, denn die Gedichte waren schwach. So kam die nackte hämische Verzweiflung über mich. Stumm schlich ich mich dahin.

Und dann kam der Gedanke an den Tod. Erst leise mahnend, dann aber berauschend mächtig. Ich war stolz, als wäre es meine eigenste Erfindung, daß es ein Mittel gibt, dies peinigende Leben wegzuwerfen. Brünstig gab ich mich dem Plane hin.

Nur eines galt es noch zu tun: ihr schreiben. So warf ich denn folgenden seltsamen Liebesbrief hin.

Fräulein!

Wenn ich nicht beschlossen hätte zu sterben, fände ich nimmermehr den Mut, Ihnen zu schreiben. Aber es gilt ja, Sie von meinem Leide und von meinem Tode zu benachrichtigen. Der Gedanke wäre mir fürchterlich, zu sterben, ohne daß Sie von meinem Tode auch nur wüßten. Denn Ihretwegen sterbe ich ja. Drum nehmen Sie gnädig diese Nachricht hin. Sie ist, glaube ich, mein erstes wahres Gedicht, und Erstlinge sind allen Göttern wohlgefällig.

Als ich noch an Gott glaubte, war mein täglich Gebet, er möge mich zu einem großen Manne machen. Und ich hielt mich für begnadet.

Da aber kamen Sie und zeigten mir, daß ich nichts sei. In die Unendlichkeit der Liebe versunken und vor den harten Kampf mit ihr gestellt, erkannte ich meinen Unwert. Und das zwingt mich zu sterben.

Und so ist alles unwahr. All die Nächte sind unwahr, da ich mit angehaltenem Atem lag und dem Gesang in meiner Seele lauschte. Und dieses Sinnen ist unwahr, mit dem ich die Werke der Dichter aus der Hand legte, mit halbem Blick auf sie träumend, *meine* Träume träumend. Denn das nennen ja die Menschen ›nachempfinden‹.

Ach, wenn ich nur groß und mächtig wäre! Fliehen würde ich mit Ihnen, rauben würde ich Sie, und in ein fernes schönes Land mit Ihnen gehen, an dessen Ufer das Meer schlägt. Aber nur fort,

fort aus dem Schätzungsbereich dieser Menschen! Und mit Ihnen müßte ich sein, denn Sie sind meine Sehnsucht und mein Vergessen.

Und doch – wenn es mir vergönnt wäre, mein Märchenschloß zu erbauen und Sie auf den Söller zu führen und Ihnen weit und glänzend meine Welt zu zeigen, die Welt, die ich geschaffen. . .

Aber nein, zum Märchenprinzen fehlen mir zwei volle Zoll.

Fräulein, Sie haben mir das größte Übel angetan, Sie haben mir befohlen, aus dem Leben zu gehen. Und ich, ich flehe allen Segen des Himmels und der Erde auf Sie herab.

Abend war's geworden und Zeit zu gehen.

Ich wollte feierlich Abschied nehmen, und so schlich ich mich in einen Konzertsaal.

Noch einmal Fest, Freude und Kunst. Die vielen schöngeschmückten Menschen, freudiger Erwartung voll. Ein Beethoven-Konzert.

Ach, das war ein Mann! Der hatte das Leben erobert! Der bezwang es mit Trompetenstößen, und vor dem Schwalle seiner Geigen duckt sich der Unhold Notwendigkeit.

Und nun beginnt's. Die Fünfte Symphonie. Die Schicksalssymphonie. Jawohl, meine Schicksalssymphonie.

Vier Schläge! Himmel und Erde standen offen. Erschüttert horchte ich. Ach, das waren die Schläge des Hammers, der Prometheus an den Felsen schmiedete, des Hammers Schläge, die Christus ans Kreuz hefteten.

Mir war's, als faßte mich eine Riesenhand und trüge mich fort, so daß ich alle Schönheit des Himmels und die unverständliche Qual der Erde sah. Rasend schnell fort durch alle Tiefen, über alle Höhen, daß mir vor Schönheit und vor Schrecken schier die Sinne vergingen. Mein Herz jauchzte und blutete.

Aber nur nicht den Schluß, den jubelnden klaren Schluß. Den Schluß will ich mir schon selbst dazu machen.

Und ich stürzte hinaus. Aufrecht ging ich. Was war's doch eine Lust, zu sterben, wenn Beethoven einem den Todesmarsch sang. Und ich summte und pfiff vor mich hin.

Aber die Melodien wurden verworren, die Klarheit wich, und mahnend kam die Qual. Diese Öde, die dunklen Straßen. Nur störende, widrige Menschen. Keine Schönheit, keine Güte, nichts, das den Scheidenden noch trösten könnte. Ich hörte Melodien, die ich nicht behielt, ich stammelte Worte, die keinen Sinn gaben. Endlich träge, traurige Träumerei.

Ich setze mich zu rasten, denn es war noch weit hinaus zum Fluß, und ich war so todmüde. Und ich begann zu weinen, leise, hoffnungslos wie ein verirrtes Kind. Ach, es ist doch etwas Bittres, wenn ein Kind sich töten will! Und ich weinte mich in den Schlaf.

Die verworrenen Melodien kehren wieder, aber sie steigern sich, sie werden wieder klar. Ein seltsames Land sah ich. In dichten Scharen Gestalten, deren Antlitz nicht erkennbar. Doch ein unsäglicher Schimmer von Licht und Adel strömt von ihnen aus. War's das Land des Todes?

Weit weg ist etwas, das könnte die Erde sein, wär's nicht so wunder-wunderfern.

Da löst sich von einem Fels mit steilem, starrem Fluge ein Adler. Und von weiter Ferne kommt ein Wanderer, des Namen wie ein Brausen auf aller Lippen schwebt. Er schreitet wie ein König, denn alles neigt sich vor ihm; er kommt wie ein Heiland, denn aller Schmerz und aller Liebe strömen ihm entgegen: Ludwig van Beethoven.

Ich will entfliehen, denn seine Gnade kann mich nicht erreichen.

Aber, o Wunder, er sieht mich: und welche Wonne, er tritt auf mich zu! Ich sinke auf die Knie, aus meinen Augen stürzen Tränen.

Doch Ludwig von Beethoven neigt sich zu mir und spricht: ›Mein Kind, weine nicht, denn ich leide mit dir.‹

Wie meine Stirne brennt, wie sie der Regen peitscht. Aber ich war wach, ich lebte. Und Beethoven hatte mir das Leben gerettet.«

»Darf ich hoffen«, unterbrach Mario das Schweigen, »darf ich hoffen . . .?«

»Ein Künstler zu werden?« ergänzte Achenbach lächelnd. »Mein Kind, das weiß ich nicht. Sie stellen mir da eine Frage wie jemand, der einem Goldschmied eine Münze zeigt und fragt: ›Bin ich ein reicher Mann?‹«

»Es kann doch die eine Münze, die er dem Goldschmied zeigt, so kostbar sein, daß sie allein ihn zum reichen Manne macht.«

»Dazu ist Ihre Münze zu klein.«

Als er Marios betroffene Miene sah: »Nun, ich meine, der Goldschmied wird dem Kunden sagen, er möge ihm alle Münzen bringen, die er besitzt. Darum sagen Sie mir: Haben Sie außer diesem Kapitel sonst etwas von Ihrem Romane fertiggestellt?«

Mario verneinte.

»Nun – und Sie sind sich über die Handlung Ihres Romanes, über seinen Aufbau im klaren? Könnten Sie mir seinen Inhalt Kapitel für Kapitel erzählen?«

Er fragte es etwa in dem Tone, wie ein Erwachsener auf die Spiele eines Kindes eingeht.

»Das eigentlich nicht, indes . . .«

Achenbach machte eine halb abbrechende, halb verstehende Geste.

»Also, um beim Bilde, um bei unserer Münze zu bleiben. Was die wert ist, kann ich Ihnen wohl sagen.«

Mario horchte auf.

»Es ist mehr als ein bloßer Zufall, es ist eine – wahrscheinlich gar nicht beabsichtigte – Aufrichtigkeit, wenn Sie die Ich-Form wählten. Sie selbst sind der Held Ihrer Erzählung, Sie haben dieses Kapitel erlebt, Stück um Stück. Sie haben ein Mädchen kennengelernt; vielleicht auch beim Tanze, denn das Motiv des Tanzes kehrt in Ihrer Erzählung beharrlich wieder. Sie haben sich in dieses Mädchen verliebt, und wenigstens zu der Zeit, da Sie dies schrieben, haben Sie Gegenliebe nicht gefunden, Sie führen dies auf Ihre Häßlichkeit zurück, auf Ihren ›Unwert‹, wie Sie in dem Briefe sagen. Im Schmerze über Ihre Unzulänglichkeit, über Ihre unerwiderte Liebe haben Sie daran gedacht, zu sterben.«

Mario blickte ihn an wie einen Zauberer.

»Sie wundern sich, wieso ich das erraten konnte. Sehen Sie, wir Dichter sind auch Seelenärzte oder besser gesagt – heilen können wir ja nicht, nur lindern – Seelenkenner.

Woher ich das erraten habe? Vor allem aus Ihrer eigenen übergroßen Ergriffenheit. Das war weit mehr als die Befangenheit eines Debütanten. Sie wäre unerklärlich, wenn es sich wirklich um ein ersonnenes, von Ihnen losgelöstes Werk handelte.

Dann: Sie haben von dem Romane gerade nur dieses Kapitel geschrieben, im übrigen haben Sie sich über Ihren Roman noch recht wenig Gedanken gemacht. Sie hatten eben nichts mehr zu schreiben als diese Erzählung, an einen Roman dachten Sie wohl gar nicht ernsthaft.

Wenn Sie die Erzählung nun als Kapitel, als Teil eines größeren Ganzen hinstellen, so tun Sie dies aus Schamhaftigkeit, um das Selbsterlebnis zu verhüllen, auch weil Ihnen die kurze Geschichte zu unvollständig erscheint und Sie sich durch deren Vollendung zu Größerem berechtigt glauben.«

Mario errötete tief.

»Dessen brauchen Sie sich nicht zu schämen. So seid ihr Jungen nun einmal: Wenn ihr einen Schößling in der Hand habt, so wollt ihr damit gleich einen ganzen Wald pflanzen.

Und nun der letzte Grund für meine Vermutung: Wenn man in Ihrem Alter Romane schreibt, selbst wenn man sie zu Ende schreibt, so ist man immer selbst der Held des Romanes. Eine ruhige Schilderung von Menschen und Dingen, eine Betrachtung, die über das eigene Ich hinausgreift, dessen ist die Jugend nicht fähig. Dazu ist sie viel zu sehr von sich selbst eingenommen. Sehen Sie doch selbst: Was sagen Sie uns von der Schönen, die über das Schicksal Ihres Helden entscheidet? Weiter nichts, als daß sie schön ist. Sie fühlen dunkel, daß Sie mehr zu sagen verpflichtet seien, aber Sie flüchten vor diesem Mehr. ›Doch erlaßt mir die Beiwörter‹, so sagen Sie.

Also Ihre Geschichte ist selbst erlebt. Sie lieben, Sie wollen sich ›würdig zeigen‹, daher auch Ihr Gedicht. Sie fühlen sich häßlich, unzulänglich, daher die Variationen über das Thema Qualen der Häßlichkeit: das poetische und das philosophische Stücklein. Und der Schluß, der Traum von Beethoven – nun«, er lächelte dabei fast schamhaft, »sollte da nicht die Begegnung mit mir Patenschaft gestanden sein?

Alles, was Sie über die Liebesgedichte der Siebzehnjährigen, der Namenlosen, sagen, all das gilt auch für Ihre Liebestragödie. Ist's wirklich eine der Liebe? Kann man eine völlig Fremde überhaupt so lieben, daß man um ihretwillen in den Tod gehen will?

Nein, wenn es eine Tragödie ist, dann ist es die Tragödie des unbeherrschten Willens. Nicht verschmähte Liebe treibt Ihren Helden in den Tod, sondern der Zusammenbruch seiner geträumten Größe.

Wenn ich mir Ihren Helden recht besehe, ich glaube, er kann gar nicht wirklich lieben, er ist zu sehr von sich erfüllt; er mag wohl *durch* andere leiden, *für* andere leiden kann er nicht.

Ihr Held – ein Arzt würde ihn als Neurotiker bezeichnen. Sein Wille ist nicht gesund, er vermag sich nicht abzufinden mit seiner Stellung in der Welt.

In dem Abschiedsbriefe hat er ein Bekenntnis abgelegt, überraschend wahr und zutreffend. Ins Ungemessene geht sein Streben. Er hält sich für groß. Die Werke der großen Dichter sind sein vertrauter Umgang, mit ihrem erborgten Glanze nährt er den Traum von seiner Größe. Die Mitwelt flieht und fürchtet er, denn sie verweigert ihm die Anerkennung seiner Größe. Darum der merkwürdige Satz im Briefe: ›Fliehen möchte ich . . . fort aus dem Schätzungsbereiche der Menschen!‹

Nun kommt die Liebe über ihn, und es gilt zu zeigen, was er kann. Die Probe mißlingt, der Traum seiner Größe versinkt.

Und nun verfällt er aus dem Wahne der Größe in den Wahn der Kleinheit. War er früher der Auserlesene, so ist er jetzt der Ausgestoßene, der Häßliche, der Unwürdige. Darum will er sterben.

Ist es wirklich die Liebe, die ihm das angetan hat? Keineswegs, denn die Liebe ist ihm nur ein Symbol der unbezwungenen Wirklichkeit. Der Wirklichkeit, die ihm heute entgegentritt in Gestalt eines jungen Mädchens, morgen vielleicht in der Verheißung äußerer Ehren, immerfort sich ihm versagend.

Und was rettet ihn vor dem Selbstmorde? Wiederum ein Wahn, die Flucht ins Reich seiner Träume, wo Beethoven wandelt und ihn segnet.

Solcher Art ist Ihr Held. Kein Einziger – wie Sie vielleicht vermeinen –, aber ein Einsamer. Er lebt in einer unwirklichen Welt. Dort, wo seine Welt zusammenstößt mit der harten Wirklichkeit, muß er zuschanden werden. Er ist ein ehrgeiziger Träumer. Aber nicht jeder Träumer ist schon ein Dichter.«

Mario war's zumute wie jemandem, der einen teuren Toten auf dem Seziertische sieht und vor dessen Augen das geliebte Wesen sich unter dem mitleidlosen Messer in blutende Muskeln und emporquellende Eingeweide auflöst. Was hilft es, wenn er erkennt, woran der Teure gestorben, gibt ihm dies das Leben wieder? War das die Hilfe, die ihm Achenbach versprochen?

Als habe er Marios trübe Gedanken erraten, lenkte dieser ein: »Sie müssen mich recht verstehen. Ich will Ihnen ja nichts absprechen, aber ich kann Ihnen auch noch nichts versprechen.

Gewiß, Sie haben Phantasie und Temperament, ich meine, Sie sind großer Leidenschaften fähig. Aber macht dies schon den Dichter? Das sind Kräfte, mit denen man das Beste und das Schlechteste bewirken kann. Weiß ich, in welche Bahnen Sie von diesen Kräften sich werden treiben lassen?

Den Dichter, lieber junger Freund, macht erst die Heiligkeit des Willens.

Wenn wir uns nur in unserem Leide an die Dichtkunst schmiegen, wie Sie es sagen, dann bleiben wir zeitlebens Gelegenheitsdichter, Dilettanten. Wenn wir das Heiligtum der Poesie immer nur als um Gnade Flehende betreten, dann mögen wir gläubige Pilger sein, Priester sind wir nicht.«

Zerknirscht vernahm es Mario. Wie konnte er vor diesem eifervollen Propheten bestehen?

»So sollten alle diese Qualen vergeblich sein? Sollte man wirklich so sehr leiden können, wenn es einem nicht gegeben ist, seine Leiden zu gestalten? Es waren meine besten Augenblicke, da ich dies schrieb. Es war mir wirklich, als erhöbe ich mich, als sähe ich tief unter mir die Erde mit ihren Bergen, Flüssen, Städten und Menschen, als könnte ich alles umfassen, alles erfassen . . . Wäre alles das Trug?«

»Kind, Kind«, mit ergriffenem Lächeln sagte es der andere, »es gibt so viele Qualen auf Erden. Es gibt auch Qualen ohne Erlösung. Und es gibt Menschen, die wie Moses das gelobte Land wohl sehen, aber nicht betreten dürfen.

Bescheiden sein, Kind, sich bescheiden. Nicht nach dem Außergewöhnlichen verlangen, erst nach dem Ordentlichen. Zuerst das Handwerk, dann die Kunst.

Irre ich nicht, so ringt noch dreierlei in Ihnen: die Sucht, die Welt zu erkennen, die Begierde, sie zu genießen, und der Wille, sie zu gestalten. Jetzt treiben diese Strömungen noch neben- und auseinander, treiben Sie hin und her. Doch später einmal können sie zusammenfließen zu einem mächtigen Strome. Bis dahin heißt es arbeiten und warten.«

Damit war Mario entlassen.

Ich war enttäuscht. Schon als ich die Überschrift las; denn ich hatte von ihm ein wissenschaftliches Werk, keinen Roman erwartet.

Um so höher – könnte man einwenden – müßte ich seine Vielseitigkeit anerkennen. Doch mich beherrschte jenes Gefühl unangenehmer Überraschung, das uns befällt, wenn wir jemand an einem Orte treffen, wo er nicht hingehört.

Zwar machten mich manche Ornamente stutzig: die Beschwörung Beethovens, an den mich Mariposa selbst immer gemahnte, und die Einleitung, wo er von Rosen, hoch wie Eichen, spricht und von Tannen, wie Moos so niedrig und so zierlich. Das verriet nicht nur den phantasiebegabten Forscher, das konnte auch Maßlosigkeit verraten.

Aber im Ganzen blieb ich enttäuscht. Warum, ist mir nie klargeworden. Vielleicht war mein Blick durch ein Vorurteil getrübt, das mich hinderte, Vorzüge dort zu erkennen, wo ich sie nicht erwartete. Oder es war eine gewisse Schamhaftigkeit, die in mir verletzt wurde: weil ich, als Schriftsteller ganz unbekannt, zu einem Literatur-Jupiter aufgedonnert wurde; weil ich selbst Zeuge der Szenen war, die da verwertet wurden: die Begegnung in den Auen, der Tanz in der Bar. Ich empfand das Mißbehagen eines Kunstbetrachters, der ein Landschaftsbild als geschickt übermalte Photographie erkennt.

Ich ließ Désirée das Manuskript lesen. Sie vergoß dabei Tränen. Aber welche Frau wird nicht Tränen vergießen, wenn sie von dem Selbstmordplane ihres verschmähten Anbeters hört? An meinem Urteil konnte das nichts ändern. Sie wurde gerührt nicht durch das Rührende der Erzählung, sondern durch die Rührung des Erzählers.

Gerade diese übergroße Ergriffenheit des Erzählers mißfiel mir.

Das war die typische Ergriffenheit des Dilettanten. Ich erinnerte mich an ein Diktum Wassermanns: »Von dem Verfasser wird gar keine Ergriffenheit verlangt. Vom Erzähler wird Unsichtbarkeit verlangt, von dem, was er erzählt, höchste Sichtbarkeit. Dem schöpferischen Menschen ist seine Person nur ein Vorwand, ein Ausgangspunkt; der Literat als Dilettant sieht in ihr die Essenz und das Ziel!«

Als mich Mariposa bei unserer nächsten Zusammenkunft um mein Urteil befragte, wich ich der Antwort aus und brachte das Gespräch auf einen Gegenstand, den ich bisher ängstlich vermieden hatte, auf seine Häßlichkeit. Nun wagte ich es, da er mir durch seine Erzählung das Stichwort geliefert hatte.

»Mariposa, Sie lassen sich zermürben, statt an Abhilfe zu denken. Warum sich von ein paar schlecht sitzenden Hautfalten das Leben verbittern lassen? Sie wissen ja, daß die Kosmetik heute eine Wissenschaft geworden ist, mit der sich namhafte Ärzte befassen. Konsultieren Sie doch solch einen Arzt. Sie haben Geld genug, sich das etwas kosten zu lassen.«

»Daran habe ich schon gedacht. Es wäre vergeblich. Es liegt nicht an der Haut allein, sondern an den Knochen. Kann ich mir ein anderes Knochengerüst zimmern lassen? Nein, mein Leichnam ist unheilbar verpfuscht . . .

Aber Sie kennen ja den abgedroschenen Satz, daß die Weltgeschichte sich geändert hätte, wäre die Nase der Kleopatra länger gewesen. Mag sein, daß das auch für mich gilt. Vielleicht ist es für die Entwicklung der Menschheit notwendig, daß ich so greulich aussehe. Vielleicht ist meine Häßlichkeit der Motor, der mich vorwärts treibt. Glauben Sie, daß Kant und Schopenhauer ihre Werke geschaffen hätten, wenn sie weniger häßlich gewesen wären?«

»Die haben aber keine Romane geschrieben . . .«

»Das heißt, auch ich soll keine Romane schreiben, weil ich sie nicht schreiben kann. Endlich verraten Sie mir Ihre Ansicht über mein Romankapitel . . . Ach, glauben Sie mir, mit Romanen will ich die Welt nicht aus den Angeln heben.«

»Sondern womit denn?« fragte ich gespannt.

Doch er schien meine Frage gar nicht zu hören und sprach wie zu sich selbst: »Kosmetik. . . Bestenfalls kann sie *menschliche* Züge verschönern . . . Aber wozu sich mit Geringerem begnügen, wenn man weit Höheres erringen will?«

Désirée besuchte die Universität und hörte unter anderem auch naturwissenschaftliche Vorlesungen. Sie traf da bisweilen mit Mariposa zusammen, der ihr mit rührender Dienstbeflissenheit in ihren Studien behilflich war. Aber wie sehr sie auch sein stupendes Wissen bewunderte, so sprach sie von ihm doch nur mit einer gewissen Scheu.

In meine stetige, ruhevolle Freundschaft zu Mariposa war Unruhe gedrungen. Kein Zweifel, ihm saß der Liebespfeil im Herzen. Er suchte ihn zu verbergen, aber vergeblich. Solange wir beide allein blieben, war alles gut. Aber sowie Désirée hinzukam, lastete auf unserem Beisammensein eine gespannte, gepreßte Stimmung trotz aller Bemühungen Mariposas, seine Verliebtheit nicht zu zeigen, trotz aller Bemühungen Désirées, sie nicht zu sehen.

Nachgerade wurde dies zu einer regelrechten Kalamität. Es war ein Glück, daß Désirée für mehrere Wochen zu ihren Eltern fuhr, welche ein Gut in der Provinz bewirtschafteten.

Nachdem ich Mariposas Erbschaft zu Geld gemacht und die von ihm gewünschte Stiftung errichtet hatte, blieb nur der letzte Auftrag zu erfüllen, der Ankauf des Landgutes.

Diese Aufgabe war nicht einfach, denn Mariposa hatte ganz bestimmte Wünsche, die nicht leicht zu erfüllen waren. Endlich glaubte ich gefunden zu haben, was er suchte. Ich forderte ihn telegraphisch auf, mir nachzukommen, damit er das Grundstück besichtige und, wenn es ihm gefiele, sogleich den Kaufvertrag abschließe.

Als dies besorgt war, fuhr ich an einen der österreichischen Alpenseen, wo ich mit Désirée zusammentreffen sollte. Mariposa bat mich, mitkommen zu dürfen. Ich war hierüber nicht gerade freudig überrascht, doch konnte ich ihm diesen Wunsch nicht wohl abschlagen.

Die leisen Befürchtungen, welche ich wegen des Zusammentreffens zwischen Désirée und Mariposa hegte, sollten sich aber als unbegründet erweisen. Offenbar hatte die längere Trennung beruhigend auf ihn gewirkt: Sie begegneten einander mit unbefangener Heiterkeit, mit freundschaftlicher Herzlichkeit.

Wir machten einen Spaziergang durch den Wald, dann mieteten wir ein Boot und ruderten hinaus.

Es war ein strahlend schöner Tag. Wie blaue Seide leuchtete der Himmel, und die mittägliche Luft erflimmerte in jenem wehmütigen Glanze, der uns die Schönheit der Spätsommertage so schmerzvoll empfinden läßt. Die sonnenbeglänzten Hänge, welche rings den See umkränzten, leuchteten wie glückverheißend, und in den Wäldern brannten die Birke und die Vogelbeere in bunten Lichtern.

Rings tiefe Mittagsstille, nur aus den Wäldern hallte bisweilen der Klang der Äxte, und oben in den Bergen fiel ein Schuß.

Die sanfte Heiterkeit des Tages, die zarte Schönheit dieser Landschaft gemahnte an das letzte Lächeln vor dem Abschied.

Das Gespräch war verstummt. Wir träumten vor uns hin und ließen das Boot von der sachten Strömung treiben. Désirée lag am Steuer, weit zurückgelehnt, die eine Hand lässig ins Wasser getaucht, und betrachtete die Libellen und die Wasserjungfern, die durch das Schilficht schwirrten. Wie ein spielendes Kind sprach sie vor sich hin: »Warum gibt's denn nicht Libellen so groß wie Reiher? Wie prächtig das wäre . . . wie prächtig und wie furchtbar!«

»So fragen die Kinder«, entgegnete Mariposa. »Die Kinder fragen: Wieso kommt es, daß die Maus nicht so groß wie ein Elefant, und warum gibt es nicht Giraffen, so groß wie Heuschrecken?«

»So fragen nicht nur die Kinder«, fiel ich ein, »so sagen auch die Dichter.« Und ich begann scherzhaft-pathetisch aus Mariposas Romankapitel zu zitieren: »›Da blühen Rosen, hoch wie Eichen. Die Lilien und die Hyazinthen verbergen ihre Wipfel in den Lüften, und tief zu ihren Füßen, wie Moos, so niedrig und so zierlich, ducken sich die Ulmen, Linden, Tannen.‹«

»Ich sehe«, so erwiderte Mariposa meinen Scherz, »daß Sie meine Jugendsünden weder vergeben noch vergessen können.

Nun, in der Frage steckt jedenfalls ein tiefer Sinn, und es ist nur sonderbar, wie wenig sich die Wissenschaft bisher um diese Frage gekümmert hat. Da haben wir die paar zu Tode gehetzten Tiraden von Dubois-Raymond: ›Wenn unsere roten Blutkörperchen die Größe eines Markstückes hätten, dann wären wir so hoch wie der Chimborasso.‹ Oder: ›Wenn der Mensch über die verhältnismäßige Muskelkraft des Flohs verfügte, könnte er bis auf den Mont Blanc springen, und wenn der Elefant in seinem Rüssel proportional die gleiche Stärke hätte wie der Hirschkäfer in seinem Geweih, dann vermöchte er ein Gebirge zu erschüttern.‹

Und darüber sind wir bisher kaum hinausgekommen. Allerdings glaubt man, jenes Organ gefunden zu haben – es ist die Hypophyse, der Gehirnansatz –, welches die räumliche Ausdehnung jedes Lebewesens bestimmt.

Nun, wenn man einmal jenes Organ wirklich gefunden hat, dann wird es nicht mehr lange dauern und man wird es beeinflussen können, man wird aus der Konstanten eine ›Veränderliche‹ machen. Dann« – er machte eine Geste des Grenzenlosen – »dann wird es wirklich Libellen geben so groß wie Reiher.«

»Ob das für die Menschen sehr erfreulich sein wird«, sagte ich, »bei der ungeheuren Schnelligkeit, Kraft und Gefräßigkeit dieser Tiere, weiß ich nicht.«

»Die Menschen werden sie züchten, wie sie Affenpinscher und Orchideen züchten. Und solange sie sie züchten, so lange werden sie sich ihrer erwehren können.«

»Bitte, Herr Lehrer« – Désirée zeigte mit dem Finger auf –, »es hat schon einmal Libellen gegeben mit meterlangen Flügeln; in der Steinkohlezeit. So habe ich es vor zwei Monaten gelernt.«

»Damals hat es eben noch keinen Menschen gegeben«, erwiderte ich. »Bös wäre es, wenn sich dieses gigantische Wachstum *ohne* den Willen des Menschen vollzöge.

Die Kerfe sind die Feinde des Menschen. Mit allen anderen Tieren haben wir – ich möchte sagen – etwas gemein. Sogar Schlangen können wir zähmen, und noch im Auge des Frosches lesen wir so etwas wie Gemütsbewegung. Es gibt mit ihnen sozusagen eine Verständigungsmöglichkeit. Aber zur Welt der Insekten führt für den Menschen keine Brücke.«

Eine große grüne Heuschrecke war aus dem Schilf ins Boot gesprungen. Désirée fing das Tier, das sich mit den Beinen strampelnd wehrte und mit den mächtigen Kiefern malmte.

»Das muß man doch schon beim bloßen Anblick eines solchen Insektenkopfes erkennen«, setzte ich fort, die gefangene Heuschrecke betrachtend. »Keine Stirn, aber dafür riesige Freßwerkzeuge. Blicklose Facettenaugen. Es ist ein starres, unbewegliches Gerüst aus Horn. Was hat diese Larve mit einem Menschenantlitz gemein? Welches Gefühl könnte diesen unerbittlichen Chitinpanzer durchdringen und verschönen?

Nein, das ist eine urfremde, feindliche Welt, die nur nach, aber nicht *neben* der Welt des Menschen bestehen kann. Darum, wehe dem Menschengeschlechte, sollte es einmal Libellen geben so groß wie Reiher.

Nicht ohne tieferen Sinn haben die alten Mexikaner einen der bösesten Geister, Itzpapalotl, in Gestalt eines menschengroßen Schmetterlings dargestellt, mit scharfen Obsidian-Messern an den Flügelrändern.«

Mariposa horchte betroffen auf bei diesen Worten und erwiderte. »Viel Menschenhochmut spricht aus diesen Worten. Sie denken allzu anthropozentrisch.

Etwas wie Parvenustolz – Sie verzeihen diese rein wissenschaftliche Polemik – liegt in dieser Denkungsart: Wie herrlich weit haben wir Menschen es doch gebracht im Vergleich zu den anderen armseligen Lebewesen dieser Erde!

Wer so denkt, vergißt – wie eben ein Parvenu –, daß ihm nur Zufall oder unverdientes Glück zu seinem Vorrange verhalf.

Jahrhunderttausende haben die Saurier, Echsen, die Erde beherrscht. Das ist außer Zweifel. Nach ihnen kam der Mensch, ein Säugetier.

Warum gerade ein Säugetier, warum nicht ein Insekt? Die Wissenschaft kann uns heute diese Frage noch nicht beantworten: nur der Schöpfungsmythus der Bibel gibt uns darauf Antwort.

Aber in ein paar Jahrzehnten wird die Paläontologie vielleicht so weit sein, daß sie uns klare Antwort gibt.

Denn irgendeinmal, vor Jahrhunderttausenden, waren die Chancen der Weltbeherrschung mutmaßlich wohl für beide gleich, für die Insekten und für die Vorfahren des Menschen. Irgendein Zufall, durch die Jahrhunderttausende fortwirkend und sich verstärkend, eine Förderung da und eine Hemmung dort, hat den Menschen emporgehoben und das Insekt zurückgedrängt.

Es ist bezeichnend, daß ein so genialer Schriftsteller wie Wells sich den Mond nicht von menschenähnlichen Geschöpfen beherrscht denkt, sondern von ungeheuer entwickelten Insekten.

Wenn wir die Staaten der Bienen, Ameisen und Termiten betrachten, müßten wir in fassungsloser Bewunderung vergehen vor ihrem Gemeinsinn und Opfermut, vor ihrer durch eine hunderttausendjährige Erfahrung geschulte Disziplin. ›Gehe hin zur Ameise und lerne‹, heißt es schon in der Bibel.

Kennen Sie die ständische Gliederung der Ameisen in Ackerbauern, Hirten, Pilzzüchtern, das verwirrende Gefüge ihrer Gemeinwirtschaft, wo jedem seine Rolle zugeteilt ist als Krieger, Kundschafter, Gärtner, Erdarbeiter, Wirtschafter? Kennen Sie die Feenlandschaften ihrer unterirdischen Pilzgärten; die Tragödien, die sich alljährlich in ihren Städten abspielen, wenn die arbeitslos gewordenen Müller- und Bäckerknechte auf Geheiß des geheimen Rates enthauptet und über die Stadtmauer gestürzt werden; die blutige Eroberungsgier der Bothriomyrmex decapitans, welche sich unter dem Schutze einer täuschenden Geruchswirkung in die Nester einer anderen Art einschleicht, der Tapinoma erraticum, guter, fleißiger und vertrauensseliger Tierchen, dort in die Säle dringt, wo Eier und Larven aufbewahrt werden, sich rittlings auf eine der friedfertigen Königinnen stürzt, ihren Hals durchschneidet und fortab im Reiche der Tapinomen eine Schreckensherrschaft führt? Kennen wir die mannigfaltigen Schrecknisse, Geheimnisse und Verführungen, von denen das unterirdische Leben der Ameisen umwittert ist? An allen Ecken, auf allen Gängen ihrer subterranen Städte lauern die Parasiten – Schmeichler und Nichtsnutze, die ihnen zweideutige Wollust, Düfte und schädliche Gifte bieten. Und die kluge Ameise, die diesen verderbenbringenden Mummenschanz mit leichter Mühe wegfegen könnte, sie duldet, ja begünstigt ihn, hegt ihn als Zierde und Freude.

Lesen Sie doch, was Maeterlinck darüber sagt: ›Wir Menschen sträuben uns dagegen, daß es auf Erden noch Wesen gibt, die gleich uns kraft ihrer Intelligenz oder ihrer sittlichen Eigenschaften Anspruch auf Gott weiß welche ungewöhnliche Rolle im Weltall, auf Unsterblichkeit und große Hoffnung erheben könnten. Der Gedanke, sie könnten unser Vorrecht mit uns teilen, erschüttert und entmutigt uns. Wir sehen, wie sie entstehen, wie sie leben, ihren bescheidenen Pflichten nachkommen und zu Hunderten Milliarden sterben, ohne eine Spur zu hinterlassen, ohne daß sich jemand darum bekümmerte und ohne daß sie je ein anderes Ziel erreicht hätten als den Tod. Wir wollen uns nicht eingestehen, daß es mit uns genauso sein muß. Es wäre uns erwünscht, wenn bei ihnen alles Torheit, Instinkt, Unbewußtheit, Verantwortungslosigkeit wäre. Eines Tages werden auch wir lernen – wie alles auf diesem Erdball es bereits gelernt hat –, uns damit zu bescheiden, daß wir leben. Es wird unser letztes Ideal sein, das alle anderen Ideale in sich aufgenommen hat.‹

Und wenn Sie meinen, daß von unserem Leben keine Brücke führt zu jenem der Kerfe und daß die Welt der fortentwickelten Insekten nur denkbar wäre nach einer Welt der Menschen, nicht aber *neben* ihr« – er sprach's mit seltsam dunkler, hochmütig-wissender Stimme –, »nun, so wäre da noch die Probe aufs Exempel zu machen.«

Mariposa fuhr mit mir nach Wien, um die Übersiedlung nach seinem neuerworbenen Landgute durchzuführen.

Als er Abschied nahm, gaben wir uns das Versprechen, unsere Freundschaft auch weiterhin zu pflegen.

Dieses Versprechen hielt er zunächst und schrieb mir regelmäßig. Allmählich wurden seine Briefe seltener und kürzer. Man merkte es ihnen an, daß er in völliger Einsamkeit lebte. Um all das, was draußen in der Welt vorging, kümmerte er sich nicht mit einem Worte; er schien nicht einmal Zeitungen zu lesen. Aus dem Inhalte und noch mehr aus der Handschrift dieser Briefe – ich bin ein wenig Graphologe – konnte ich ersehen, daß er mit verzehrendem Eifer irgendwelchen Forschungen nachhing. Was für Forschungen dies waren, schrieb er nicht. Wenn ich danach fragte, entgegnete er ausweichend.

Um so regelmäßiger stellten sich aber die Aufmerksamkeiten ein, mit denen er Désirée bedachte: bald schöne seltene Blumen, bald ein gutes Buch, selbst Puderdose und Lippenstift fehlten nicht.

All diese Geschenke erfolgten durchaus anonym. Sie langten nicht mit der Post ein – offenbar um den Aufgabeort nicht zu verraten –, sondern wurden von Boten abgegeben. Er selbst schrieb ihr keine Zeile. Doch konnte nicht daran gezweifelt werden, daß er allein der Spender sei.

Etwa ein Jahr verstrich, da lud mich Mariposa ein, ihn zu besuchen. Ich zögerte nicht, diese Einladung anzunehmen, als Abschluß meines Sommerurlaubs.

Es war nicht leicht, seinen Landsitz zu erreichen. Auf der Station erwartete mich niemand; denn ich hatte verabsäumt, ihn von meiner Ankunft zu verständigen. Das Gut lag weitab von der Eisenbahn, und ich hatte den Weg dahin längst vergessen.

So mußte ich einige Stunden durch die einsame Landschaft wandern. Der Himmel war dunstverhangen, über den Wäldern lag seltsam bedrücktes Schweigen.

Endlich war ich am Ziele und wurde von Mariposa mit herzlicher Freude begrüßt.

Er bewohnte das Herrschaftsgebäude ganz allein. Sein einziger Gefährte war ein riesiger Wolfshund, ein wunderschönes, ausgezeichnet dressiertes Tier.

Anfänglich begegnete mir Rolf mit einem Mißtrauen, das beinahe beleidigend wirkte. Bald aber hatte er mit dem unfehlbaren Spürsinn des treuen Hundes begriffen, daß ich der Freund seines Herrn war. Er wurde herablassend freundlich, schließlich – nachdem er sich durch sorgfältiges Beschnuppern davon überzeugt hatte, daß gegen mich nichts Wesentliches einzuwenden sei – sogar zutraulich.

Ich hatte meine Freude an dem prachtvollen Tier. Mit welch zärtlich anbetender Liebe hing er an seinem Herrn, von dem er kein Auge ließ. Wie war er höflich und dabei voll sprühenden Temperamentes, beinahe könnte man sagen: humorvoll. In welch klarem Glanze strahlten seine menschlich klugen und doch unschuldigen Augen. Wir wurden gute Freunde, Rolf und ich.

Die Räume, in denen Mariposa mich empfing, waren auf das behaglichste eingerichtet. Besonders schön war das Bibliothekzimmer, wo er sich zumeist aufzuhalten schien. Sehr geräumig, wenn auch nicht sehr hoch, und dadurch um so anheimelnder. Der Boden mit einem hellen, weichen Teppich bespannt, die Möbel aus Macasserebenholz und an den Wänden einige erlesene Gemälde in leuchtenden Farben.

Durch das eine Fensterpaar – es war ein Eckzimmer – hatte man einen berückend schönen Ausblick auf eine Waldlichtung, und durch die beiden anderen Fenster sah man auf die Wälder und die nahen Berge.

Ein prächtigeres Arbeitszimmer konnte ich mir wirklich nicht denken. Die Wahl mochte einem schwerfallen, wann es hier schöner war: im Sommer, mitten in der prangend blühenden Natur, wenn Vogelsang und Waldesduft durchs offene Fenster dringt, oder im Winter, am behaglichen Kamin, wenn draußen der Tannenwald im Rauhreif starrt und die Landschaft unter dichtem Schnee verschwiegen träumt.

Aber Mariposa selbst fand ich ganz anders, als ich erwartet hatte. Wenn sich jemand in selbstgewählter Einsamkeit mitten in der schönsten Landschaft, frei von allen Berufssorgen, nur mit seinen Lieblingsstudien befaßt, dann erwartet man, einen sonnengebräunten, ruhig-zufriedenen Menschen vor sich zu sehen. Das war er aber keineswegs. Er war bleich, übernächtigt, sichtlich überarbeitet. Seiner prächtigen Umgebung schien er gar nicht zu achten, und man merkte es ihm an, daß er dem Gespräche nur mit Mühe folgte, mit seinen Gedanken aber ganz woanders war.

»Ja, was ist denn mit Ihnen?« polterte ich los. »Mit Ihnen bin ich aber gar nicht zufrieden. Da habe ich Ihnen einen so prachtvollen Besitz gekauft, und Sie könnten hier leben wie Gott in Frankreich, haben keine Sorgen, haben Geld wie Heu. Und Sie schauen aus wie die sieben teuern Zeiten, wie wenn die schwersten Sorgen Sie bedrückten. Die herrlichsten Spaziergänge haben Sie vor der Nase und sind sicherlich noch keine halbe Stunde ausgewesen, Sie Stubenhocker, Sie unverbesserlicher.«

»Ja, ja, Sie haben sicher recht. Aber es läßt einen nicht los, wenn man einmal damit begonnen hat. Es treibt einen immer vorwärts, wie mit der Peitsche.«

»Was denn ›es‹? Ihre Forschungen? Ja, brennt denn das? Was sind das überhaupt für Forschungen? Wollen Sie mir das Geheimnis nicht endlich verraten?«

»Nach Tisch werde ich es Ihnen zeigen. Zumindest das, was sich zeigen läßt.«

Nach der Mahlzeit führte er mich ins andere Stockwerk. Zunächst in einen halbdunklen Korridor. An der Wand war ein Schiebefenster. Er öffnete es, drehte ein Licht auf, so daß die Scheibe voll beleuchtet war, und forderte mich auf durchzuschauen. Es dauerte geraume Zeit, ehe ich mich an die eigentümliche Beleuchtung gewöhnte.

Und nun sah ich hinein – oder muß ich nicht eher sagen: sah ich hinaus? – in eine absonderliche Urwaldlandschaft. Mächtige Bäume, wie ich sie in dieser Form und Farbe noch nie gesehen hatte, und undurchdringliches Gestrüpp. Das Ganze lag überdeutlich und doch seltsam unwirklich vor mir. Ich konnte mich zu den Dimensionen nicht recht einstellen. War das in weiter Ferne, oder lag es dicht vor meinen Augen? Auch die Beleuchtung vermochte ich nicht zu deuten. War's Sonnenschein, oder war es das Licht des Vollmonds, das die geheimnisvolle Landschaft in einen ungewissen Schimmer tauchte?

Doch blieb mir nicht viel Zeit zu diesen Betrachtungen. Denn nun prallte ich zurück vor Entsetzen.

Aus dem Dickicht brach ein Ungetüm hervor, schleppte, wälzte, stemmte in riesenhaften Windungen den horngepanzerten, grell gezeichneten Leib vorwärts, aus den unförmigen, blicklosen Augen vor sich hin starrend, umwitterte einen der Stämme, bäumte sich an ihm empor und begann ihn mit den absonderlichen Kiefern zu benagen, so daß der Saft in Strömen aus dem Marke quoll und der mächtige Stamm sich neigte.

Durch einen Handgriff Mariposas erweiterte sich das Gesichtsfeld. Andere Ungetüme wurden sichtbar, bald in buntbemalten Schuppenpanzern starrend, bald in zottige Pelze gehüllt. Überall wurde es lebendig in der Wildnis. Die einen lagerten in träger Ruhe, andere schlichen sich an die Weidenden heran und überfielen, umklammerten, zerfleischten und verschlangen sie. Ja, manche gab es, die ihre unersättliche Gier gegen den eigenen Leib kehrten, die sich in selbstmörderischer Wut verwundeten und das eigene Blut, das grünquellend aus den Wunden troff, aufschlürften.

Bleich und beklommen trat ich zurück und fuhr mir mit der Hand über die Augen, als wollte ich einen bösen Traum verscheuchen.

Mariposa schien über mein Entsetzen halb befriedigt, halb überrascht.

»Aber, aber, wie kann man sich über diese Spielerei nur so aufregen! Nein, ich habe Sie nicht behext. Sie sind nicht mitten im Urwald, Sie sind noch immer bei mir in meiner Villa. Und das hier sind keine vorsintflutlichen Fabelwesen, nichts weiter als lebende Raupen, die Sie hier unter einem von mir konstruierten System von Vergrößerungslinsen sehen. Allerdings einige besonders interessante Arten von Raupen, nämlich die sogenannten Mordraupen und Selbstmordraupen.

Nun haben Sie sich aber hoffentlich wieder erholt und ich kann Sie weiterführen.«

Er öffnete eine Tür, und wir traten in einen Saal, der taghell beleuchtet war. Er war nach Art eines Museums fast gänzlich angefüllt mit großen Glaskästen. Es blieb nur eben so viel Raum frei, um ungehindert hindurchgehen zu können.

Aber es war kein Museum, es war eine Art Menagerie. Denn was in diesen Kästen aufbewahrt war, lebte. Es waren lauter lebende Schmetterlinge mit ihren Raupen und Puppen. Schmetterlinge in allen Farben, allen Größen und aus allen Ländern. Von der unscheinbarsten, kaum sichtbaren Motte bis zu dem riesigen, märchenhaft gleißenden Falter der Tropen.

Alle Stadien waren zu sehen: von der mühselig-schwerfälligen Raupe zur träumenden Puppe, bis zum leichtbeschwingten, im Liebesspiele beseligten Falter. Nicht nacheinander, wie in der freien Natur, sondern infolge kunstvoller Züchtung auch nebeneinander.

Saal auf Saal durchschritten wir, dazwischen wieder kleinere Zimmer, wo besonders merkwürdige Forschungsergebnisse, interessante Kreuzungs-, Züchtungs-, Anpassungsresultate gesondert dargestellt waren. In manchen dieser Zimmer herrschte Treibhauswärme, in einigen Schränken waren seltene fremde Blumen gepflanzt, um den herrlich bunten exotischen Faltern ihre natürlichen Lebensbedingungen zu bieten.

Mariposa war ein geschickter und unterhaltsamer Führer. Seine fesselnden Erläuterungen beleuchteten mit ein paar kurzen Sätzen weite Zusammenhänge. Nur selten verweilte er beim einzelnen, blieb stehen, um mir ein besonders schönes oder rares Exemplar, ein besonders schwieriges oder wichtiges Forschungsergebnis zu zeigen.

Hier war er ein anderer Mensch. Die sorgenvolle Spannung und Zerstreutheit war von ihm gewichen, er war ruhig und heiter, seine Augen leuchteten bisweilen in dem freudigen Stolze des Sammlers inmitten seiner Lieblinge. Hier war er in seinem Element: »Papilio Mariposa«.

»In der Naturforschung«, so belehrte er mich, »wird jetzt der Kinematograph mit großem Nutzen verwendet. Zeitlupenaufnahmen unter dem Mikroskop, also räumliche und zeitliche Vergrößerung, die haben erst manches offenbart, was bisher unsichtbar blieb und darum nicht gedeutet werden konnte. Wir müßten eigentlich diese kleinen Lebewesen, wenn wir uns nur einigermaßen der Welt ihrer Vorstellung anpassen wollen, immer unter Zeit- und Raumlupe betrachten.

Aber hier will ich Ihnen das Widerspiel zeigen: räumliche Vergrößerung, zeitliche Verkleinerung.«

Wir waren unterdessen in einen kleinen Raum eingetreten, dessen eine Wand mit einer Scheibe aus mattem Glas verkleidet war, also eine Art Zimmerkino.

Mariposa verdunkelte und setzte den Projektor in Tätigkeit. Auf der weißen Fläche erschien eine Raupe, wundervoll bunt, körperlich plastisch, nur riesenhaft vergrößert. Es war ein ganz vollkommenes Verfahren der Farbenkinematographie mit stereoskopischen, also aus dem Raume hervortretenden Bildern.

Das Tier kroch eilends dahin, fraß in Hast, ringelte sich ein und ruhte. Nur ein paar Augenblicke. Dann hob es den Kopf, witternd, lauschend, wie von dumpfer Ahnung erfaßt, und begann aufs neue zu wandern. Ratlos, rastlos, planlos, wie von einer fernen Sehnsucht getrieben. Dann kam Ruhe über das Tier. Es spann sich ein, wurde zur mißfarbigen Puppe, lag in starrem Schlafe. Wieder nur ein paar kurze Augenblicke. Und es durchbrach die Hülle des

Gespinstes, es war geflügelt, es reckte wie schlaftrunken seine Flügel. Und flog davon als schimmernd bunter Falter.

Ich blickte hin, atemlos vor Entzücken. Das alles war so sinnvoll kurz, so schön, daß ich vor Freude in die Hände klatschte wie ein kleines Kind.

Mariposa freute sich an meiner Freude und sagte lächelnd: »Da haben Sie die Zusammenfassung all dessen, was Sie hier gesehen haben. Ein Schmetterlingsleben en raccourci.

Ähnlich mag wohl auch unser Leben mit all seinen Freuden, Leiden vorüberziehen vor dem Blicke des großen Weltenmeisters, wenn er's der Mühe wert hält, für eine kurze Weile unser Treiben aus seiner unbekannten Ferne zu betrachten.«

»Ja, in der Zusammenfassung«, entgegnete ich nachdenklich und sah mit einem trüben Blicke hinaus in die neblige Nacht. »Und was ergibt sie, die Verkürzung, die Zusammenfassung? Geboren werden, lieben, leiden, sterben . . . Nur daß wir leider keine Schmetterlinge werden . . .«

»Nur daß wir leider keine Schmetterlinge werden«, wiederholte Mariposa langsam und in tiefem Sinnen.

Die Besichtigung war zu Ende. »Also das sind die Forschungen, mit denen Sie sich so angelegentlich befassen?« fragte ich, und ohne daß ich's wollte, klang es geringschätzig, enttäuscht.

»Ja, das sind sie allerdings. Wenigstens zum großen Teile.

Ich sehe, Sie sind enttäuscht. Aber Ihre Enttäuschung soll mich nicht entmutigen.

Ich will nicht davon reden, daß diese Sammlung eine der größten, vielleicht die größte der Welt ist, daß ich neun Zehntel meiner Einkünfte für sie verwende. Auch von den Forschungsresultaten, die ich aufzuweisen habe, will ich nicht sprechen. Sie als Laie können sie ja nicht würdigen.

Aber sagen Sie selbst, ist denn das hier nicht wert, erforscht zu werden? Wenn ich diese Räume betrete, die erfüllt sind von so wunderbarem mannigfaltigem Leben, dann möchte ich oft und oft niedersinken auf die Knie, mit Tränen in den Augen, wie der große Linné, als er über eine blumenübersäte Heide ging.

Gibt es denn ein Mysterium, mächtiger und lieblicher als die Verwandlung der Raupe in den Schmetterling? Gibt es ein seligeres Auferstehen aus dumpfer Blindheit zu Licht und Liebe? Gibt es irgendein Geheimnis unserer belebten Umwelt, das die Menschheit seit Jahrtausenden mit solch gläubiger Sehnsucht bestaunt? Und das sie weniger ergründet hätte?

Früher war's der uralte Traum der Menschheit, fliegen zu können wie der Vogel. Nun, heute können wir fliegen.

Aber von der Raupe zum Schmetterling . . .?

Haben Sie Grabdenkmäler der klassischen Antike gesehen? Auf allen sind Schmetterlinge abgebildet. Denn der Schmetterling war ihnen das Symbol der Unsterblichkeit der Seele.

Und hat es nicht einen tiefen Sinn, wenn sogar die nüchterne Wissenschaft das geflügelte Insekt mit einem so leuchtend vieldeutigen Ausdrucke bezeichnet wie ›imago‹, das Bild?«

Dringende Geschäfte beriefen mich schon am nächsten Tag zurück nach Wien.

Während der Fahrt überdachte ich noch einmal meinen Besuch bei Mariposa. Ich war enttäuscht, trotz allem. Das war also die Leistung, die er aufzuweisen hatte? Das waren die Wunderwerke, die ich von dem »anderen Beethoven« erwartete? Eine Schmetterlingssammlung, nichts weiter. Sein schwärmerisches Entzücken über das große Mysterium konnte ich kaum begreifen, geschweige denn teilen. Mir schien es kindische Spielerei, die Manie eines Sammlers.

War's denn ein Wunder, wenn er Sammler wurde? Von den Menschen, die sich ihm ob seiner Häßlichkeit versagten, floh er zu den Tieren.

Irgendwo bei Balzac habe ich gelesen: »Kein Kummer widersteht dem Beruhigungsmittel, das man der Seele darreicht, indem man sich seiner Manie ergibt. Ihr alle, die ihr nicht mehr fähig seid, aus dem Gefäß zu trinken, das man stets den Kelch der Wonne nannte, werdet Sammler, sammelt, was es immer sei.«

Mariposas Briefe wurden immer seltener. Er schien nachhaltig verstimmt über meine geringe Anteilnahme an seinen Studien.

Schließlich sah ich ein, er war im Rechte, er durfte von mir als dem einzigen Freunde mehr Verständnis für sein Lebenswerk erwarten, und ich war keineswegs berechtigt, seine mühevollen Forschungen hochmütig zu verwerfen, bloß weil sie dem Broterwerb des Alltags und meinem Wissenskreise fernlagen. Ich beeilte mich, dies in einem ausführlichen Briefe zu bekennen, und damit war das freundschaftliche Einvernehmen wiederum voll hergestellt.

Aber es verstrich mehr als ein halbes Jahr, ehe wir uns wiedersahen. Diesmal war er es, der mich besuchte; denn er hatte in Wien einige Besorgungen für seine Forschungsarbeiten zu erledigen.

Ich fand ihn noch schweigsamer, noch weltfremder und einsamer als je zuvor. Auch glaubte ich zu bemerken, daß die Weichheit und Herzensgüte, die ich so sehr an ihm liebte, einer gewissen Härte, einer Art mitleidloser Beobachtung gewichen war. Vielleicht kam es daher, weil er seine Studienobjekte unters Messer nahm, ohne ihrer Schmerzen zu achten; vielleicht, weil er den Menschen so fremd geworden war.

»Ich muß Ihnen wieder Vorwürfe machen, Mariposa«, sagte ich. »So geht das nicht weiter. Sie leben zu einsam, Sie müssen mehr unter Menschen. Heiraten Sie. Bei Ihren Geistesgaben und Ihrem Vermögen werden Sie bestimmt eine geeignete Gattin finden. Oder wenn schon das nicht, so nehmen Sie sich in Gottes Namen eine hübsche Wirtschafterin. Und richten Sie sich doch Ihr Leben vernünftiger ein. Ich begreife nicht, warum Sie nicht zumindest während des Winters in der Stadt leben können, ohne damit Ihre Studien zu gefährden. Diese ewige

Einsamkeit führt zu nichts Gutem. Sie nehmen Schaden an Ihrem Gemüte, Sie verwildern ja. Immer wieder mitten unter diesen Schmetterlingen. Sie werden ja noch selbst zu einem Schmetterling, zu irgendeinem trübseligen Nachtfalter«, schloß ich lächelnd.

Er wurde seltsam bleich bei diesen letzten Worten und erwiderte: »An Frauen ist nicht zu denken. Ich darf keiner zumuten, mit einem solchen Scheusal, wie ich es bin, eine Luft zu atmen. Glauben Sie denn nicht, daß ich's schon oft genug versucht habe? Ich bin doch ein Mensch mit einem fühlenden Herzen, mit Wünschen und Begierden. Aber wenn ich Ihnen erzählen wollte, wie's mir mit Frauen ergangen ist« – in sein Gesicht trat der Ausdruck wildesten Schmerzes –, »immer wieder ergangen ist, Sie würden weinen vor Schmerz und Scham, so wie ich geweint habe. Ach, Frauen sind mitleidlos . . . Sie haben es ja selbst gesehen . . . Nein, von Menschen kommt mir keine Freude, keine Heiterkeit. Viel lieber bin ich unter meinen Tieren. Mein Rolf ist mein bester Freund. Nächst Ihnen.« Und er streichelte liebevoll meine Hände.

Ehe er Abschied nahm, teilte er mir mit, daß er eine weite Forschungsreise, in die Tropen, unternehmen und viele Monate, vielleicht Jahre ausbleiben werde.

»Und das erwähnen Sie nur so nebenbei«, fragte ich lebhaft. »Da müssen Sie ja schon umfangreiche Vorbereitungen getroffen, geeignete Reisebegleiter ausgewählt, die entsprechende Ausrüstung angeschafft haben. Man setzt sich doch nicht einfach in den Zug und nimmt ein Billett nach dem Äquator. Bei Ihrer Sorgfalt und Umsicht haben Sie sich sicherlich einen genauen Plan zurechtgelegt. Das interessiert mich, davon müssen Sie mir mehr erzählen.«

Aber er antwortete sonderbar ausweichend. Statt dessen traf er sehr eingehende Anordnungen über sein Vermögen, namentlich für den Fall seines Todes oder seines Ausbleibens über eine gewisse Zeit.

Als er mir die Hand zum Abschied reichte, konnte er kaum sprechen vor Ergriffenheit. Es war, als nähme er Abschied für immer. –

Abends holte ich Désirée ab. Auf der anderen Straßenseite, gegenüber dem Haus, wo sie wohnte, stand ein Auto, hinter dessen herabgelassenem Vorhang jemand herüberzuspähen schien.

Als ich ins Haustor trat, fuhr das Auto los. Einem plötzlichen Entschlusse folgend, sprang ich rasch in meinen Wagen und fuhr hinterdrein.

Endlich hielt es vor dem Südbahnhof. Aus dem Auto stieg Mariposa.

Was hatte das zu bedeuten? Warum belauerte er, warum lauerte er auf Désirée? Wollte er sie mir abspenstig machen?

Mir schien all das halb lächerlich und widerwärtig, halb unheimlich – wie jene nächtliche Szene in der Hurengasse, wo ich ihn einst beobachtet hatte.

Einige Wochen später feierte Désirée ihren Geburtstag. Ich stattete ihr schon am Morgen einen Besuch ab, um ihr als erster meine Glückwünsche darzubringen.

Während ich bei ihr war, brachte der Postbote eine Kiste. Neugierig öffnete Désirée die sorgfältige Verpackung. Es kam ein gläsernes, mit Luftlöchern versehenes Gehäuse zum Vorschein, eine Art Vogelkäfig.

Der Boden war mit hohem Gras und Blattpflanzen dicht bedeckt. Das Badehäuschen fehlte, wohl aber schimmerte unter dem Blattwerk Wasser hervor. Im oberen Teile des Gehäuses waren Vogelsprossen angebracht.

Wo aber war der Vogel, der zu diesem Käfig gehörte? Nichts regte sich. Désirée pfiff und lockte und pochte an die Scheiben. Vergeblich. War das Tierchen während des Transportes gestorben und lag im hohen Grase verborgen?

Endlich rührte sich etwas. Aus dem Blattdickicht lugte ein Kopf hervor. Aber das war kein Vogel. Das war ein Lurch. Nun kam der ganze Vorderleib zum Vorschein: ein Salamander war es.

Wozu also die Vogelsprossen im Käfig?

Nun geschah etwas Merkwürdiges. Es war, als habe das Tierchen die Frage verstanden und wollte darauf Antwort geben. Es kroch vollends hervor, es entfaltete zwei Flügel, es *flog* empor auf eine der Sprossen.

Da kauerte es nun, blickte um sich aus klugen schwarzen Äuglein und zog die Flügel fächerförmig ein.

Atemlos hatten wir das mitangesehen. Nun konnten wir das Tier mit Muße betrachten.

Es war sehr schön, tiefschwarz mit rötlichgelben Flecken. Die Vorderbeine liefen in Flügel aus, die gleichfalls schwarz und rötlichgelb gezeichnet waren. Sie erinnerten an Schmetterlingsflügel, etwa an die Schwingen des Trauermantels oder des Totenkopfschwärmers. Das Tierchen glich dem winzigen Modell eines Sauriers, jener riesenhaften geflügelten Echsen der Vorzeit.

Unter der eingelangten Post war auch ein Gratulationsschreiben Mariposas, meines Wissens der erste Brief, den er überhaupt an Désirée schrieb. Diesmal bekannte er sich zu seinem Geschenke, bat sie aber, ihn vor der Öffentlichkeit nicht als Spender zu verraten. Ich selbst erholte mich bald von meinem Erstaunen. Ich habe ja leider nicht viel Sinn für naturwissenschaftliche Entdeckungen. Zumindest beurteile ich sie bloß nach ihrem praktischen Nutzwert. Und für das Wohl und Wehe der Menschheit mag es füglich einerlei sein, ob da irgendwo ein geflügelter Salamander lebt oder nicht.

Umso größer war Désirées Ergriffenheit. Über meine »Indolenz« war sie geradezu empört. Ich hätte nie gedacht, daß sie wegen einer rein wissenschaftlichen Angelegenheit derart in Hitze geraten könnte. Fast hätte es wieder einmal Streit gegeben wegen Mariposa.

Désirées erster Weg war zu einem ihrer Professoren, um ihm das Tier zu zeigen. Der untersuchte es tagelang und veröffentlichte darüber eine lange Abhandlung in einer Fachzeitschrift. Abhandlungen anderer Professoren folgten.

Immer wieder meldeten sich bei Désirée Gelehrte aller Länder mit der Bitte, das seltsame Tier besichtigen zu dürfen. Immer neue Artikel, nicht nur in den Fachblättern, sondern auch in der Tagespresse, erschienen über die »Salamandra alata vel miraculosa«. Es war Hochsommer, von Krieg und großer Politik nichts zu berichten. Der geflügelte Salamander bot den Zeitungen willkommenen Ersatz für die große Seeschlange.

Désirée war nicht wenig stolz auf die große Sensation, welche »ihr« Salamander hervorrief. Sie sammelte alle Aufsätze darüber und gab sie mir zu lesen.

Allmählich entdeckte auch ich meine Liebe zu den Naturwissenschaften, las diese Aufsätze mit wachsendem Interesse und lernte nun erst die gewaltige Bedeutung jenes Phänomens zu würdigen.

Die Gelehrten waren völlig ratlos. Es wurden gewichtige Stimmen laut, welche behaupteten, das Tier sei das Produkt einer künstlichen Züchtung. Aber sie wurden überstimmt. Mit großem Aufwande von Gelehrsamkeit und Scharfsinn wurde nachgewiesen, daß eine derart künstliche Züchtung die gegenwärtig als unumstößlich geltenden Ergebnisse der Wissenschaft nicht nur um ein Unermeßliches überflügeln, sondern geradezu ad absurdum führen würde. Und warum, so fragte man, bleibe der Züchter, wenn es wirklich einen solchen gäbe, im verborgenen? Wenn er es für gut finde, die Resultate seiner Forschungen der Welt zu zeigen, warum halte er ihre Darlegungen geheim, warum entziehe er sich der wohlverdienten Bewunderung? Derlei wäre unerhört in der Geschichte der Erfindungen und gegen alle Wahrscheinlichkeit.

Mariposa selbst veröffentlichte nicht eine einzige Zeile über den Flügelsalamander. Dabei bezog er regelmäßig sämtliche in sein Fach schlagende Zeitschriften und war ständiger Mitarbeiter der angesehensten unter ihnen. In seinem Bibliothekzimmer waren ganze Regale angefüllt mit diesen verschiedenfarbigen und verschiedensprachigen Heften, auf seinem Schreibtisch türmten sich ganze Stöße der von ihm veröffentlichten Artikel.

Es war also außer Frage, daß er den Aufruhr kannte, der über sein Werk – und der Flügelsalamander war sein »Werk«, er hatte ihn *er*funden, nicht *ge*funden – entstand. Und dennoch blieb er stumm.

Das war grandios. Das war einmal eine Geste, die mir imponierte. Eine ungeheure Entdeckung machen und sie einfach hinwerfen vor die verdutzte Menschheit: »Da habt ihr, zerbrecht euch den Kopf!« Und dabei sein majestätisches Inkognito nicht lüften.

Endlich konnte ich meinen Sommerurlaub antreten, gemeinsam mit Désirée. Unser nächstes Reiseziel war Venedig.

Was wir da auf dem Markusplatz sahen, habe ich schon zu Beginn meiner Erzählung geschildert.

Als der geflügelte Löwe in den Lüften verschwand, wechselte ich mit Désirée einen Blick stummen Einverständnisses.

Sie war sonderbar schweigsam und sagte bloß: »Mich mutet all dies an wie das gutmütige Lachen eines Riesen. Wir können froh sein, solang' er lacht. Wehe, wenn er uns einmal seine Faust zeigt. Dieser Mariposa kann ja die ganze Schöpfung durcheinanderwerfen, der beschert uns noch einen achten Schöpfungstag.

Gib acht, das alles war erst Vorspiel; das Schauspiel selbst wird erst beginnen . . . Wer weiß«, sie sprach's nachdenklich, fast bedrückt, »ob es nicht eine Tragödie wird.«

»Sonderbar«, erwiderte ich, »daß das Schauspiel – oder, wenn du willst, das Vorspiel – gerade an dem Tage unserer – Verzeihung – deiner Ankunft in Venedig aufgeführt wird. Ist das Zufall, oder sollte etwa die ganze Vorstellung nur dir allein gegolten haben?«

Désirée errötete und schwieg.

Am selben Abend schrieb ich Mariposa: Bisher hätten Désirée und ich niemandem verraten, daß er der Züchter jener geflügelten Wesen sei; nun möge er das prachtvolle Inkognito, womit er die Welt nicht weniger in Atem halte als mit den Phänomenen seiner geheimnisvollen Kunst, doch endlich lüften.

Der Brief kam zurück mit dem Vermerk: Adressat ins Ausland verreist.

Herbst und Winter verstrichen, ohne daß ich etwas von Mariposa hörte. Offenbar hatte er seine große Forschungsreise angetreten.

Daß er mir von Zentralafrika – oder wo sonst das Ziel dieser Reise liegen mochte – keine Nachricht übermittelte, war nicht verwunderlich. Unbegreiflich war, daß er mir von all den Zwischenstationen, die er passieren mußte, von all den Seehäfen und Binnenstädten nicht eine Zeile schrieb, nicht einmal eine Ansichtskarte schickte.

Dagegen stellten sich die Liebesgaben an Désirée mit unveränderter Pünktlichkeit ein: Bücher, Blumen, aber kein Wort des Grußes

Wir suchten bei den Kaufleuten, welche die Geschenke für Désirée abgeben ließen, Näheres über Mariposa zu erkunden. Sie wußten nicht mehr zu sagen, als daß diese Gegenstände schon vor Jahresfrist bestellt und bezahlt worden waren.

Eines Tages im März hatte ich bei einem Kreisgerichte zu tun, nicht allzu weit von dem Landgut Mariposas. Die Verhandlung war vorüber, ich hatte schon ein gutes Stück auf der Straße nach Wien zurückgelegt; da ließ ich, unter dem Zwange eines plötzlichen Entschlusses, den Chauffeur umkehren und zu dem Gute Mariposas fahren. Ich wollte einmal an Ort und Stelle nachsehen, was mit ihm los sei; vielleicht hatten seine Pächtersleute Nachricht von ihm. Auch hatte er mich, als er Abschied nahm, gebeten, ich möge von Zeit zu Zeit auf seinem Gute Nachschau halten.

Die Straße war infolge der Regengüsse vollkommen aufgeweicht, wir konnten kaum vorwärts kommen. Es war stockdunkel, als ich anlangte.

Die Pächtersleute empfingen mich nichts weniger als freundlich. Mürrisch und sichtlich widerwillig erteilten sie mir Auskunft, und ich konnte mich des Eindrucks nicht erwehren, daß sie mehr wußten, als sie sagten.

Alles, was ich von ihnen erfuhr, war, daß Mariposa vor mehr als einem Jahr des öfteren von seiner bevorstehenden großen Reise sprach. Ob und welche Vorbereitungen er traf, wußten sie nicht, da sie ihm dabei nicht halfen. Ihr wiederholtes Anerbieten, ihn bis zur nächsten – vier Wegstunden entfernten – Eisenbahnstation zu begleiten oder zumindest sein Gepäck hinzubefördern, lehnte er ab. Wie er das Gepäck fortbrachte, ob er solches überhaupt hatte, wann er abreiste, das wußten sie nicht. Eines Tages fanden sie auf seinem Schreibtisch einen Zettel mit der Mitteilung, er sei verreist, sie mögen in allen wichtigeren Angelegenheiten meine Weisungen einholen und überhaupt meine Anordnungen befolgen. Das war vor etwa einem Jahr. Seitdem keine Nachricht von ihm.

All dies klang höchst seltsam, ja verdächtig. Warum waren diese Leute so mürrisch, was verheimlichten sie vor mir? Waren sie aus irgendwelchen Gründen Mariposa aufsässig und übertrugen diese Feindseligkeit auf mich als seinen Freund?

Und was für eine Bewandtnis hat es mit dieser heimlichen Abreise, mit der Verschollenheit seither? Ist da am Ende ein Verbrechen im Spiele?

Der Hof lag völlig einsam, weit und breit war keine Ansiedlung. Solche Einsamkeit ermutigt zum Verbrechen. Hatten sie meinen Freund ermordet, um ihn zu berauben, um das Gut an sich zu bringen?

Ich stellte mit den Leuten ein förmliches Verhör an.

Warum sie es nicht der Mühe für wert fanden, mich von seiner heimlichen Abreise, von seiner auffallend langen Abwesenheit zu verständigen?

Sie hätten gedacht, ich als sein Anwalt und Freund wüßte darüber weit besser Bescheid als sie selbst.

Schön. Warum sie dann nicht Mariposas Auftrag befolgten, in allen wichtigeren Angelegenheiten meine Weisungen einzuholen?

Weil es wichtigere Angelegenheiten – eigentlich – nicht gab. (Das Wort »eigentlich« kam recht stockend heraus.) Die Wirtschaft ging ihren gewohnten Gang. Den Pachtschilling entrichteten sie pünktlich.

Letzteres stimmte. Das wußte ich, da ich Mariposas Vermögensverwaltung führte.

Ob es ihnen nicht auffiel, daß Mariposa sie von seiner Abreise schriftlich in Kenntnis setzte?

Daran konnten sie gar nichts Auffallendes finden. Mariposa verkehrte in der letzten Zeit mit ihnen fast nur schriftlich. Was er ihnen mitzuteilen hatte, schrieb er auf Zettel, die sie in dem Briefkasten am Villentor oder auf seinem Schreibtisch fanden. Bisweilen wurden ihnen solche Zettel auch von Rolf, dem Hunde Mariposas, überbracht. Das Herrschaftsgebäude durften sie nur morgens zum Reinemachen betreten. Und auch da blieb ihnen Mariposa unsichtbar, denn in den Räumen, die sie eben reinigten, hielt er sich niemals auf.

Ob sie mir vielleicht die letzte Nachricht Mariposas zeigen könnten, nämlich den Zettel, worauf er sie von seiner unmittelbar bevorstehenden Abreise verständigte?

Der Mann verneinte; er habe ja keine Veranlassung gehabt, diesen belanglosen Zettel aufzubewahren. Die Frau aber begann in einer Lade zu kramen und brachte ihn schließlich zum Vorschein.

Auf der Rückseite war irgendeine Zahlung bestätigt. Hätte sie das Papier nicht dazu verwendet, sich darauf diese Zahlung bestätigen zu lassen, so wäre es längst weggeworfen worden.

Ich besah mir den Zettel. Die Handschrift stammte zweifellos von Mariposa. Aber das Datum fehlte.

Es war also immerhin denkbar, daß diese Nachricht nicht vor einem Jahr, sondern schon viel früher, anläßlich einer anderen Reise Mariposas, geschrieben worden war und nun von den Leuten als Entlastungsbeweis benützt wurde.

Aber dann hätten sie doch selbst sogleich davon gesprochen, sie sorglich aufbewahrt und mir mit allem Nachdruck vorgewiesen. Dagegen war es offensichtlich, daß sie den Zettel verloren glaubten und erst jetzt zufällig fanden.

Freilich konnte all dies auch bloße Spiegelfechterei sein, und die entlastende Kraft dieses von ihnen zurechtgemachten Beweismittels desto stärker wirken zu lassen.

Das setzte aber eine Geriebenheit voraus, die ich diesen schlichten Leuten unmöglich zutrauen konnte. Ich mochte sie noch so scharf beobachten, aus ihrem Gehaben, ihren Blicken sprach wohl unfreundliche Beklommenheit, doch kein schuldbeladenes Gewissen.

Auch hatte ich mich, ehe ich das Grundstück kaufte, sorgfältig nach ihrem Ruf erkundigt. Ihr Leumund war der beste, und Mariposa selbst lobte immer wieder ihre Treue und Verläßlichkeit.

Dies alles fuhr mir durch den Sinn, während ich den beiden in der düstern Stube schweigend gegenüberstand.

Den Zettel nahm ich jedenfalls an mich.

Dann sah ich nach dem Herrschaftshause.

Der Weg dahin war stockdunkel. Als ich zum Garten kam, da stürzte etwas auf mich los, so heftig, daß es mich fast überrannte. Und dann sprang's an mir empor, schnuppernd, winselnd, liebkosend.

Rolf! Also doch *eine* Freude unter all den düstern Rätseln. Und dennoch wieder etwas Trauriges: Nein, verreist war Mariposa nicht. Sonst hätte er den Hund mit sich genommen, den unzertrennlichen Gefährten.

Ich öffnete und machte Licht. Der Hund umkreiste mich, dann blieb er stehen, mir gegenüber, sah mir ernsthaft in die Augen und begann zu bellen. Ein kurzes, scharfes Bellen – wie eine Frage war es –, das in ein langgezogenes, wehklagendes, hilferufendes Heulen ausklang.

Nun erzählte er mir, dem Freunde seines Herrn. Armes Tier, wenn ich doch deine Sprache verstünde, wenn ich doch erraten könnte, welch trauriges Geheimnis du mir anvertrauen willst.

Übel sah er aus, der arme Rolf. Ganz abgemagert, das sonst so glänzend glatte Fell war struppig, und seine Augen flackerten in irrem Glanze.

Armes, edles Tier! Das Bauernvolk hat für dich wohl nur Püffe und Fußtritte übrig, du verzehrst dich in Sehnsucht nach deinem gütigen Herrn.

Ich besah mir die einzelnen Räume des Hauses. Sie waren in guter Ordnung gehalten, und ich konnte nirgends etwas Auffälliges entdecken.

Beim Fortgehen bemerkte ich, daß ein Fensterflügel offenstand. Ich wollte die Bauersleute darauf aufmerksam machen, doch es war bei ihnen schon dunkel. Sie hielten es nicht einmal der Mühe wert, meine Rückkehr abzuwarten. Übrigens ein neuerlicher Beweis für ihr ruhiges Gewissen.

Indessen hatten wir beide, der Chauffeur und ich, gewaltigen Hunger bekommen. Es war gar nicht leicht, in der Dunkelheit und bei dem Sturmwind, der sich erhoben hatte, das nächste Wirtshaus zu erreichen.

Durch die Fenster schimmerte Licht. Ich trat ein; in der Wirtsstube waren noch Gäste.

Ich ließ ein reichliches Nachtmahl auftragen, das uns trefflich mundete. Dann steckte ich mir eine Zigarre an und lehnte mich behaglich zurück, um die Wärme und die trauliche Stimmung dieses Raumes zu genießen, ehe ich die Rückfahrt durch die kalte, stürmische Nacht antrat.

Die Stube war geschmückt mit altem edlem Hausrat; ein mächtiger, schön gekachelter Ofen, reich geschnitzte Truhen, schwere Spinde, bestanden mit Zinnkrügen, an den Wänden Jagdtrophäen. Das Licht der Öllampe tauchte all dies in einen ungewissen Dämmer. Es war wie das Stilleben eines holländischen Meisters.

Während ich dies mit Muße betrachtete, hörte ich dem Gespräche der Bauern zu. Anfänglich redeten sie von ihrer Wirtschaft und von den sonstigen Sorgen des Alltags. Dann kamen Spukgeschichten an die Reihe, wie sie das Landvolk liebt, wenn es am Abend in der warmen Stube beisammensitzt und draußen der Sturm an den Fenstern rüttelt.

Einer erzählte vom Vampir, der in der Nacht die Menschen und die Tiere überfällt und ihnen das Blut aussaugt. Manche hörten bedächtig zu, ohne ihre Ansicht kundzugeben, mehrere schüttelten den Kopf und meinten, so etwas gäbe es heutzutage nicht mehr.

Einer war dabei, der horchte hoch auf mit allen Zeichen der Erregung. Nachher sprang er empor, schlug auf den Tisch und sagte in dem breiten Dialekt dieser Gegend: »Ös glaubt's, daß so wos net gibt. No i sog Eich, so wos gibt's. I sölba hon's gsegn.

Vur aner Woch'n, do bin i mitten in d'r Nocht munter wurn, wäu in der Heanersteig'n so a Lärm wor. I hon glaubt, der Fuchs is wieder amol einag'stign, und renn' aussi aufn Hof.

Wiar i d'Haustür aufmoch, do her i iber mir wos rausch'n. Z'erscht hon i glaubt, es is inser Hausstorch. Don denk i ma oba glei: Hiazt in März der Storch? Der kumt do erscht in Fruahjohr wieder. Oder is's leicht gor a Odler oder a Geier? Oba dö fliagn do net aus in da Nocht.

No, i schau auf, fliagt do so a riesig's Viech davo', grod iber mein Schädl.

I hob's net genau ausnehma kina, wäu's scho z'hoch wor und wäu's gonz finster wor. Fligl hot's ghobt gresser wia a Schofgeier. Gonz deutli hot ma den Fliglschlog g'hert. Dös wor grauslich.

Oba a Vogl wor dös net, drauf kon i schwern bein Kruzifix.

Dos Herz is ma steh'nbliebn vur Schrecken.

Pfeu'gschwind is davog'flogn zuwi zun Woid. Und in Fliag'n hot's wos obag'schmissn.

Mei schenster Hao wors.

In Kopf hat's eahm oh'bissn und's gonze Bluat ausg'soffn . . .

Also wer war dös? A Vogl wor's net . . .

Na, mei Lebtag vergiß' i net dran.«

Einen Augenblick lang herrschte Schweigen. Angenehmes Gruseln zitterte durch die Stube.

Mein Chauffeur hatte mir während dieser Erzählung immer wieder bedeutsame Zeichen gemacht und mich spöttisch angeblickt, womit er die ganze Verachtung des aufgeklärten Städters gegenüber dem abergläubischen Dörfler zum Ausdrucke bringen wollte.

Nun begann die Debatte. Die Meinungen waren geteilt, ein Wortwechsel entspann sich. Die Stimmung wurde immer erregter, und es hatte den Anschein, als ob die Meinungsverschiedenheiten nach bäuerlicher Art durch eine kleine Wirtshausrauferei ausgetragen werden sollten.

Nun machte ich, daß ich davonkam. Ich rief den Hund, denn ich wollte ihn nach Wien mitnehmen. Aber das Tier war verschwunden – ich wußte nicht wie – und meldete sich nicht trotz allem Rufen.

Die Rückfahrt war äußerst widerwärtig. Der Regen prasselte nieder, der Sturm blies uns entgegen, und die Straße war grundlos vor Nässe. Es war kaum vorwärts zu kommen.

Ich hatte mich zurückgelehnt, um zu schlafen. Plötzlich fuhr ich auf. Wir hielten.

Der Chauffeur hatte sich nach mir umgewandt und starrte mich an mit angstverzerrten Zügen.

»Dort schaun S' hin, Herr Doktor«, murmelte er heiser und deutete nach dem Waldrande, der etwa fünfzig Schritte von der Straße entfernt war.

Der Regen hatte aufgehört. Am Himmel jagte, sturmgetrieben, zerrissenes Gewölk dahin. Wenn ab und zu der Mond zum Vorschein kam, sah ich in seinem fahlen Lichte den Hund, wie er mit andächtig emporgehobenem Haupte, halb freudig, und halb angstvoll bellend, in weiten Sätzen um etwas ringsherumsprang, liebkosend darnach emporsprang.

Was das, wer das eigentlich war, dem diese Freude, diese Furcht galt, konnte ich nicht wahrnehmen, da das Tier meine ganze Aufmerksamkeit fesselte. Eine Sekunde lang schien mir's, als ob sich ein mächtiger Schatten oder so etwas Ähnliches zu dem Hunde niedersenke.

»Weg ist's«, sagte der Chauffeur und atmete erleichtert auf. Und im selben Augenblick jagte der Hund waldeinwärts und kam nicht mehr zurück. Alles Rufen blieb vergeblich.

»Ja, was ist denn los? Was haben Sie denn eigentlich?« fragte ich den Chauffeur, der bleich und wortlos dastand.

»Ja, haben Sie's denn nicht g'sehn?« fragte er zurück.

»Was denn?«

»No, dieses . . . Tier . . . oder wie man's schon nennen soll . . .«

»Was für ein Tier? Natürlich habe ich den Hund gesehn.«

»Nicht den Hund. Bin ich denn a klan's Kind, daß ich mich vor einem Hund so fürchten tät? Nein, das andere Wesen; das mit dem Hund so g'spielt hat . . . Da hat der Bauer vorhin doch nicht so unrecht g'habt . . . Schauerlich . . . Nein, daß so was möglich ist, das hätt' ich mir nimmer träumen lassen.«

»Aber gehn Sie. Zuerst lachen Sie den Bauern aus, und dann reden Sie seinen Unsinn nach . . . Die Erzählung hat Sie eben irritiert. Dazu das unheimliche Wetter, die wilde Gegend . . . So etwas kommt bei ganz vernünftigen Menschen vor. Man nennt das Halluzination.«

»Na, na. Was ich mit meinen Augen sehn tu, das lass' ich mir nicht abstreiten. Und b'soffen bin ich auch nicht. Na, in diese Gegend fahr' ich Ihnen nimmer, Herr Doktor, bei Nacht.«

Die Sache gab mir zu denken. Auf das Gerede der Bauern hätte ich nichts gegeben. Aber meinen Chauffeur, der jahrelang in meinen Diensten stand, kannte ich als einen nüchternen, intelligenten Menschen.

Darum erzählte ich am nächsten Abend im Klub von meinem gestrigen Erlebnis. Selbstverständlich überall ungläubiges Lächeln.

Einer der Zuhörer, Doktor Weyretter, ein vortrefflicher Kenner der Folklore, knüpfte daran einen interessanten Vortrag über Ursprung und Verbreitung der Sage vom Vampir. Er zeigte, wie diese Sage eigentlich bei den Völkern der unteren Donauländer heimisch ist und sich in einem weiten, vielfach unterbrochenen Bogen bis hinauf nach Pommern und der Mark erstreckt, wo die Leute vom Gierfraß, vom Nachzehrer – so heißt der Vampir in diesen Ländern – zu erzählen wissen.

»Interessant ist es« – so bemerkte Doktor Weyretter –, »und ich wußte es bisher nicht, daß sich das südliche Sagengebiet doch so weit nach Norden hin erstreckt. Unser Freund konnte ja die Sage sogar in einer Gegend der Nordsteiermark feststellen.«

»Und Sie, lieber Doktor« – er wandte sich an mich –, »sind durch einen ebenso seltenen als glücklichen Zufall Zeuge der lebendigen Fortbildung der Sage geworden. Sehen Sie, so eine Sage schlummert seit Jahrhunderten im Bewußtsein – fast möchte ich sagen im Unterbewußtsein – des Volkes, wie die Volkslieder. Wenn nun eine Melodie ertönt, die jenem Liede verwandt ist, ich meine, wenn ein Ereignis eintritt, welches an das Motiv der Sage anklingt, so beginnt das alte Lied wiederum zu tönen. So verstärken sie sich gegenseitig, das alte Lied und die neue Melodie, und gehen ineinander auf.

Beobachten Sie doch selbst. Das Sagenmotiv schlummert in dem Bewußtsein aller Bauern dieser Gegend, auch des einen, des Erzählers. Nun sieht der in tiefer Nacht, schlaftrunken, einen großen Raubvogel bei seiner blutigen Arbeit. Die neue Melodie klingt an, die Sage wird lebendig. In ihm und in allen, die es hören.

So auch bei Ihrem Chauffeur. Versuchen Sie nicht erst, das einem dieser Leute mit allen Gründen der Vernunft auszureden. Das alte Sagenmotiv klingt zu mächtig fort in diesen urwüchsigen Menschen.«

Das war eine einleuchtende Erklärung, die mir auch zusagte. Denn für Spukgeschichten habe ich nicht viel übrig. Wir Juristen sind real denkende Menschen.

Um diese Zeit erschienen in der Presse nahezu tagtäglich Abgängigkeitsanzeigen. Nur über Frauenspersonen, Frauen im Alter von achtzehn bis fünfunddreißig Jahren.

Was daran auffallen mußte, war nicht nur die besondere Häufigkeit, nicht nur, daß es ausnahmslos junge Frauen, sondern daß sie alle miteinander in Graz und in der Nordsteiermark wohnhaft waren.

Nun beschäftigte sich auch die Publizistik mit dieser Angelegenheit. In ausführlichen Artikeln wurde konstatiert, daß während der letzten zwei Wochen aus Graz und der Nordsteiermark nicht weniger als dreiundvierzig Personen weiblichen Geschlechtes verschwunden waren.

Das konnte unmöglich ein bloßes Zusammentreffen von Zufällen, das mußte auf eine gemeinsame Ursache zurückzuführen sein.

Mutmaßlich auf ein Verbrechen.

Aber es war sehr schwer, in all diese verschiedenen Einzelfälle ein System zu bringen, sie gleichsam auf einen gemeinsamen Nenner zu reduzieren. Es waren Angehörige der verschiedensten Berufs- und Gesellschaftsklassen: Dienst- und Fabrikmädchen, Bauerndirnen, Kontoristinnen, aber auch Töchter angesehener Familien, eine Fabrikantenfrau – als Schönheit bekannt –, eine Hocharistokratin und die Gattin eines auswärtigen Diplomaten.

Selbstmord war fast bei keiner einzigen zu vermuten, ebensowenig andere Ursachen einer plötzlichen Entfernung, wie häusliche Zerwürfnisse, Liebesverstrickungen und ähnliches.

Was war also, wer war also die Ursache? Ein Heiratsschwindler? Die Vermißten waren meist so arm, daß es bei ihnen nichts herauszuschwindeln gab; ein Großteil war überdies schon verheiratet. Ein Mädchenhändler? Die finden ihre Opfer nur unter den Stellungsuchenden, den Darbenden. Hier aber waren manche wohlhabend, ja reich. Ein Frauenmörder?

Angstvolle Unruhe bemächtigte sich der Öffentlichkeit, und die Behörden machten fieberhafte Anstrengungen, um das Rätsel zu ergründen.

Das geheimnisvolle Verschwinden Mariposas ließ mir fortan keine Ruhe. Ich beschloß, mit aller Genauigkeit nachzuforschen, ob er seinerzeit abgereist war oder nicht. Denn wenn er nicht verreist war, dann mußte er einem Verbrechen zum Opfer gefallen sein, anders war sein Schweigen nicht erklärlich.

Dies zu ergründen war eine Freundespflicht, deren Erfüllung keinen Aufschub duldete.

Ich fuhr nach der Eisenbahnstation, die seinem Grundstück zunächst lag. Es war dies eine kleine Haltestelle, wo ein einziger Beamter den Dienst versah. Bei dem auffallenden Äußern Mariposas und dem geringen Verkehr auf dieser Strecke war es nicht schwer, Auskunft über ihn zu erlangen. Der Stationsbeamte erinnerte sich deutlich Mariposas, wußte sogar, daß er sich in dieser Gegend angekauft hatte. Er entsann sich, daß er ihn zuletzt vor ungefähr einem Jahre auf der Station gesehen hatte. Und zwar sah er ihn damals zweimal: das erstemal bei der Abfahrt nach Wien, das zweite- und letztemal etwa zwei Wochen später bei der Ankunft von Wien. Er erklärte mit voller Bestimmtheit, daß Mariposa niemals mit großem Gepäck abgereist war, wohl aber des öfteren mit großem Gepäck eintraf. Zuletzt war dies vor Jahresfrist der Fall, und damals war es auch das letztemal, daß er ihn überhaupt sah.

Diese Angaben schienen mir durchaus verläßlich; denn tatsächlich hatte Mariposa, als er von mir Abschied nahm, große Einkäufe gemacht und das Gekaufte gleich mit sich genommen.

Die Auskünfte, welche ich bei den Landleuten der Umgebung einholte, stimmten völlig überein mit den Angaben des Eisenbahnbeamten.

Das Ergebnis meiner Nachforschungen war also: Mariposa war vor einem Jahre, nachdem er mich in Wien besucht hatte, auf seinem Landgute wohl eingetroffen, aber er hatte es seither nicht verlassen. Er war nicht verreist, sondern verschwunden.

Folglich war er ermordet worden. Als Täter kamen nur die Pächtersleute in Betracht.

Aber ich glaubte nach wie vor nicht an ihre Schuld. Nicht zu reden von ihrem guten Rufe und von Mariposas Lob, so fehlte es an jeglichem vernünftigem Motiv zu einem Verbrechen. Mariposa verfügte nur über ganz wenig Bargeld, ließ alle Zahlungen durch seine Bank oder durch mich besorgen – was sie allerdings vielleicht nicht wußten, so daß sie bei ihm große Goldschätze vermuten mochten, jedenfalls mußten sie damit rechnen, daß seine Abwesenheit auf die Dauer nicht unentdeckt bleiben konnte und daß es dann mit dem für sie äußerst günstigen Pachtvertrag ein Ende habe. Dagegen durften sie erwarten, in Pacht zu bleiben, solange er lebte. Für sie war's also nur ein Vorteil, wenn Mariposa lebte.

So beschloß ich, ehe ich Weiteres unternahm, den Rat eines Bekannten, eines geschickten Detektivs, einzuholen.

Es war ein schöner, klarer Vorfrühlingstag. Ich wollte eine kleine Fußwanderung durch die in jungem Grün leuchtende Landschaft machen und schickte den Wagen voraus.

Etwa nach einer Stunde Weges begegnete ich einer sonderbaren Prozession. Das heißt, eine Prozession war es gar nicht. Kein Heiligenbild, keine religiösen Gesänge. Auch ein Wallfahrerzug war es nicht.

Es waren lauter Frauen, etwa ein halbes Hundert. Sie gingen nicht in regelrechter Ordnung dahin, sondern gruppenweise, zerstreut; wie wenn sie gar nichts miteinander zu tun hätten. Und doch gehörten sie zusammen, man sah es auf den ersten Blick.

Bald blieben sie stehen, wie wartend, blickten nach den Baumwipfeln, spähten nach den Bergen, bald lagerten sie; dann ging es gar ein ganzes Stück zurück. Planlos und doch von einem gebieterischen Wunsche vorwärts getrieben. Wenn man sie näher beobachtete, schien es, als ob eine von der anderen kaum Notiz nähme, sie neben sich nur widerwillig dulde. Und doch waren sie beisammen, strebten sichtlich alle nach demselben Ziel.

Und wie buntscheckig dieser Zug zusammengesetzt war: von der drallen Bauerndirne mit dem Kopftuch und den plumpen Stiefeln bis zur feingliedrigen, eleganten Dame. Doch ob Dame oder Dirne, der Ausdruck ihrer Züge war der gleiche: lauschend in sich gekehrt, voll ekstatischer Erwartung. Noch nie im Leben sah ich solch eine sonderbare Versammlung. Es schien wie eine wandernde Irrenanstalt, wie ein mittelalterlicher Flagellantenzug.

Trotz dieses gleichsam übersinnlichen Zieles blieb die Notdurft des Alltags nicht ungestört. Wie auf ein geheimes Geheiß wurden Lebensmittel beschafft, wurde abgekocht, und alle, ob Bauerndirne oder Dame, teilten schwesterlich den Vorrat.

Der ganze Trupp wurde von einem großen Hund umkreist. Er gehörte nicht einer einzelnen, sondern zum Ganzen, wie ein Schäferhund zur Herde.

Plötzlich stürzte der Hund auf mich zu mit freudigem Bellen. Nun erkannte ich ihn erst: es war Rolf. Er begrüßte mich nur flüchtig, dann lief er davon, um weiter seine Herde in großen Sprüngen zu umkreisen. Es war, als wolle er bloß einer Höflichkeitspflicht genügen, die ihn von einer wichtigeren Arbeit nicht abhalten durfte.

Was machte der Hund in dieser Gegend, fünf Stunden weit vom Gute Mariposa? Hatte er sich mit einer dieser Pilgerinnen angefreundet? Man sah's, dem Hunde fehlte der Herr; er verwilderte zusehends.

Plötzlich blitzte es in mir auf: Das sind ja die Vermißten aus Nordsteiermark. Ich zählte sie, es waren dreiundvierzig. Die Zahl stimmte, ich hatte sie deutlich in Erinnerung. Und alles andere stimmte auch: die Kontoristinnen, die Bäuerinnen und die Bürgerfrauen. Da die blonde karyatidenhafte Schönheit – das ist die Fabrikantengattin; und dort die Hochgewachsene im Murmelmantel, mit den feinen Fesseln – das ist die Frau des Diplomaten.

Das war eine schnurrige Entdeckung. Da liefen die dreiundvierzig Vermißten am hellichten Tage herum, alle hübsch beisammen, man suchte sie und fand sie nicht. Wären sie jede einzeln ihres Weges gegangen, so hätte man sie längst gefaßt. Das hieß wirklich den Wald vor lauter Bäumen nicht sehen. Ich nahm mir vor, dem nächsten Gendarmerieposten meine Entdeckung mitzuteilen.

Nach Wien zurückgekehrt, war mein erster Weg in das Büro des mir bekannten Detektivs. Doch ich erhielt den Bescheid, daß er verreist sei.

In mir arbeitete eine fortwährende Unruhe, die mich antrieb, irgend etwas zur Aufklärung des Falles zu unternehmen.

Plötzlich fuhr mir's durch den Kopf: Pappafava wollte ich um Rat fragen.

Benvenuto Pappafava hatte in den letzten Jahren einen internationalen Ruf als Graphologe erworben. Er selbst lehnte die Bezeichnung Graphologe zwar ab und behauptete, er sei Telepath, jedenfalls war das Medium, dessen er sich zur Schöpfung seiner bisweilen verblüffenden Erkenntnisse bediente, die Handschrift.

Er hatte die Gabe, aus der Handschrift nicht nur die Wesensart des Schreibers zu erkennen, sondern auch die Pläne, mit denen er sich trug, die Gefahren, welche ihn bedrohten, die Menschen, die ihn liebten oder haßten. Zeichnet die Graphologie gleichsam das Knochengerüst, so malte seine feinere Kunst den atmenden, vom Puls des Lebens bewegten Körper. Vergleicht man die zünftige Handschriftendeutung mit der Photographie, so glichen seine Leistungen der Kinematographie.

Es war sehr schwer, von ihm überhaupt empfangen zu werden. Nicht nur wegen des gewaltigen Zulaufs, den er hatte, sondern weil er als reicher Mann seine Kunst nur aus Liebhaberei, nicht aber zu Erwerbszwecken ausübte. Und wenn es endlich gelang, bis zu ihm vorzudringen, so war damit noch nicht gesagt, daß er auch Auskunft gab. Bald war er nicht in Stimmung, dann wieder war ihm der Fall widerwärtig, ein andermal erregte er ihn zu sehr.

Da ich mich auf die Empfehlung eines Freundes Pappafavas berufen konnte, wurde ich vorgelassen.

Ich erzählte ihm lediglich, einer meiner Freunde, ein Gelehrter, der ein einsames Landgut bewohnte, hätte vor Jahresfrist erklärt, eine weite Forschungsreise anzutreten. Seit einem Jahre sei er verschollen. Dennoch stehe fest, daß er keine Reise angetreten hatte. Mir liege daran, die Ursache dieses Verschwindens zu ergründen.

»Wenn es wirklich sicher ist, daß Ihr Freund nicht verreist ist, dann gibt es nur drei mögliche Ursachen seines Verschwindens: Selbstmord, Unfall oder Verbrechen.

Ob Selbstmord in Frage kommt, werden wir gleich sehen. Geben Sir mir den letzten Brief Ihres Freundes vor seiner angeblichen Abreise.«

Ich zeigte ihm den Brief, den mir Mariposa vor seinem letzten Besuche geschrieben hatte.

Er warf nur einen kurzen Blick auf die Schriftzüge und sagte: »Nein, Selbstmord kommt nicht in Frage. Der Mensch will hundert Leben leben. Der nutzt sein Leben wie kein anderer; der wirft es nicht weg.

Aber dieser Brief ist nur mit dem Anfangsbuchstaben M. unterfertigt. Für mich ist die Namensunterschrift das Wichtigste. Ich brauche die allerletzte Nachricht von ihm, die seine volle Unterschrift trägt.«

Ich erinnerte mich an den Zettel, den ich den Pächtersleuten abgenommen hatte; er war in meinen Akten verwahrt. Mit Pappafavas Zustimmung fuhr ich in meine Kanzlei, um ihn sogleich zu holen.

Als ich zurückkehrte – meine Abwesenheit hatte nur etwa zehn Minuten gedauert –, fand ich Pappafava noch immer über den Brief Mariposas gebeugt. Der Fall begann ihn augenscheinlich ungemein zu interessieren. Er stürzte sich förmlich auf den Zettel, den ich brachte.

Lange betrachtete er die Schrift, in ungeheurer Konzentration. Dann begann er ruhig, besinnlich: »Nein . . ., auch kein Verbrechen. Man hat ihm nichts angetan. Er selbst will mit sich etwas tun, sich etwas antun . . .«

Als er meine Bestürzung merkte: »Nein, kein Selbstmord. Wenn er sein Leben vernichtet« – zögernd, sinnend –, »dann nur, um wie ein Phönix aufzuerstehen.«

Dann fuhr er fort, in abgebrochenen Sätzen, mit tiefer, feierlicher Stimme, wie aus einer Vision, wie eine Pythia auf dem Dreifuß: »Ich höre die Musik der dritten Leonoren-Ouverure: O Herr, mein Gott, aus tiefster Not schrei' ich zu dir.

Ein Genie ringt um Erlösung. Aus der Kerkernacht des Menschentums drängt es, stürmt es, rast es nach dem Lichte einer übermenschlichen Freiheit.

Ja, ein Phosphoros ist er, ein Lichtbringer. Ein Lichtbringer *will* er sein.

Und die Freiheit ist ihm nahe. Schon höre ich die rettenden Posaunen. Ob sie das Licht bringt? Ob er das Licht bringt?

Um mich schwirrt es wie von tausend Fittichen . . . Ach, wenn ich es doch ergründen könnte, was es ist mit diesen Raupen, diesen Schmetterlingen . . .

Nein, ich kann es nicht fassen, dieses Schmetterlingswunder . . . Nein« – er keuchte es mit gebrochener Stimme –, »das geht über meine Fassungskraft.«

Ergriffen schwieg ich. Endlich fragte ich ihn: »Woher wissen Sie das von den Raupen und Schmetterlingen Mariposas?«

»Aus der Unterschrift. Der Namensschriftzug jedes Menschen spiegelt bildhaft seinen Lebensplan. Es ist wie ein Vexierbild; man muß es zu entziffern wissen. Ich will einmal die Konturen des Vexierbildes, welches diese Unterschrift hier verbirgt, verstärken. Sie werden dann sogleich die Raupenwindungen und Schmetterlingsflügel erkennen.«

Er zog einige Linien der Unterschrift nach und zeigte sie mir. Sie sah etwa folgendermaßen aus:

Es gibt Zufälle, die auch den Nüchternsten nachdenklich stimmen. Ich hatte eine Verhandlung vor dem Zivillandesgericht. Der Beginn verzögerte sich, ich verbrachte die Wartezeit im Gespräche mit dem Klienten. Im Warteraum stand noch eine Gruppe beisammen, in ihrer Mitte der bekannte Psychiater Professor Heinold. Er war als Sachverständiger zu der Verhandlung im Nachbarsaale geladen und erzählte zum Zeitvertreib einiges aus seiner Praxis. Da ich plaudernd auf und ab ging, konnte ich nur Bruchstücke des Gespräches hören.

»Hochgebildeter Mensch, Universitätsprofessor . . . Sonst völlig normal . . . Schmetterling von der Größe eines Menschen . . .«

»Wie, Schmetterling von der Größe eines Menschen? Merkwürdige Halluzination . . .«

»Nicht Halluzination, Wunschtraum . . .«

Kaum hatte ich dies gehört, da unterbrach ich das Gespräch, und zur Verwunderung meines Klienten, zur Verwunderung der anderen lief ich auf Heinold zu und fragte ihn: »Wie war das doch mit dem Schmetterling, Herr Professor?«

Aber im nächsten Augenblick wurde er in den Saal gerufen und konnte mir Antwort nicht geben.

Und nun höre man und lache. Noch am selben Nachmittag war ich bei Dr. Heinold und erfragte von ihm – nicht ohne schwere Mühe, denn er verschanzte sich hinter dem ärztlichen Berufsgeheimnis – Namen und Adresse des Patienten mit dem Schmetterlingstraum. Es war dies ein Dr. Möller, Universitätsprofessor im Ruhestande, wohnhaft in Graz.

Zwei Tage später, an einem Sonntag, stand ich vor der hübschen kleinen Villa, die Professor Möller in Graz, am Fuße des Rosenberges, bewohnte.

Ein wenig zaghaft trat ich ein. Denn eigentlich war es doch eine Dreistigkeit, einen wildfremden Menschen so zu überfallen und nach seinen nervösen Störungen auszufragen.

Meine Befürchtungen wurden zerstreut durch die Liebenswürdigkeit, mit der ich empfangen wurde. Herr Professor Möller war ein stattlicher alter Herr, dem man den Gelehrten, aber auch den rüstigen Touristen sogleich ansah. Doch stand die gesunde Bräune seiner Gesichtsfarbe in einem sonderbaren Gegensatz zu der unverkennbaren Melancholie, welche seine Züge überschattete.

Ich kam sogleich auf den Zweck meines Besuches zu sprechen und fragte ihn, ob er geneigt sei, mir über seine merkwürdige Schmetterlings-Halluzination Näheres mitzuteilen. Nicht müßige Neugierde habe mich bestimmt, die Reise von Wien nach Graz zu unternehmen, sondern gewichtige Gründe, die ich bereit sei, ihm zu eröffnen.

»Sie sehen nicht aus wie ein neugieriger Müßiggänger«, unterbrach er mich. »Ihre Gründe können Sie mir später mitteilen, wenn Sie wollen; ich zweifle nicht an ihrer Wichtigkeit. Ich bin nicht boshaft genug, Sie unverrichteterdinge abziehen zu lassen. Es ist ja auch nichts Beschämendes, von einer Krankheit, noch dazu von einer überstandenen, zu erzählen. Nur setze ich voraus, daß Sie meine Erzählung für sich behalten werden.«

Nachdem ich dies versprochen, schien es ihm sogar erwünscht, sich jemandem mitteilen zu können, und er begann: »Seit ich in den Ruhestand getreten bin, wohne ich in Graz, hier in dieser kleinen Villa. Sie ist, wie Sie sehen, ziemlich einsam gelegen.

Vor etwa einem Monat, der Abend war besonders mild, saß ich draußen auf dem Balkon. Die Fenster der Wohnung waren offen; drinnen in der Stube musizierte meine Enkelin. Es war ein außergewöhnlich schönes Stück, das sie da auf dem Klavier spielte: schwermütig und doch seltsam hinreißend. Ich kenne nicht den Namen des Komponisten, vielleicht Chopin oder Beethoven; ich verstehe nicht viel von Musik.

Plötzlich hörte ich über mir Flügelschläge. Das mußte ein sehr großer Vogel sein, der da über mir dahinstrich; denn das Rauschen seiner Fittiche war mächtig. Ich blickte empor, doch es war nichts mehr zu sehen.

Aber als meine Enkelin mit dem Spiel zu Ende war und den Deckel des Klaviers zuschlug, da rauschte es wieder auf über dem Dache. Fast war's, wie wenn das Tier irgendwo da droben heimlich der Musik gelauscht hätte. Nun kam es daher geflogen, hinter dem Dache hervor.

Es war kein Vogel, es war ein Tier, dessen Existenz ich nie für denkbar gehalten hätte: ein riesenhafter Schmetterling. Ein Schmetterling, so hoch wie ein Mensch und mit Flügeln, mächtiger als ein Geier.

Ich hatte gerade noch die Kraft, ins Zimmer zu wanken und die Balkontür zuzuschlagen.

Als ich zu mir kam, war's verschwunden, und ich glaubte an eine Halluzination. Aber ich war eigentümlich deprimiert, denn ich hatte bisher noch nie in meinem Leben an Halluzinationen gelitten und hielt es für ein Symptom von Altersschwäche, für einen Vorboten des Todes.

Die nächsten Tage war trübes Wetter. An dem ersten klaren Abend – wiederum saß ich auf dem Balkon, und wieder musizierte meine Enkelin bei offenem Fenster –, da kam das Tier zum zweiten Male.

Mit sausendem Flügelschlag kam er herangeflogen, gerade auf mich zu: der Riesenfalter. Mir schwanden die Sinne.

Nun mußte ich mich entschließen, einen Psychiater zu befragen; denn diese abermalige Halluzination ließ mich an der Klarheit meines Verstandes zweifeln.

Die psychoanalytische Behandlung hatte besten Erfolg. Der Arzt setzte mir auseinander und brachte mir sogar die Überzeugung bei, daß ich das Traumbild in Wirklichkeit gar nicht zwelmal, sondern bloß ein einziges Mal gesehen hatte. Es liege hier ein typischer Fall des sogenannten Pseudobekanntschaftsgefühles vor: vermeintliche Wiederholung eines in Wirklichkeit bloß einmaligen Traumes.

Den Traum deutete er folgendermaßen. Das heißt, ich selbst gelangte dank der kundigen Befragung und Anleitung des Arztes zu folgender Deutung: Der Schmetterling ist mein Lieblingstier, die Lehre von den Schmetterlingen mein Lieblingsstudium, meine eigentliche wissenschaftliche Domäne. Als ich vor zwei Jahren infolge Erreichung der Altersgrenze in den Ruhestand treten mußte, traf es mich sehr hart, daß ich meine akademische Tätigkeit aufgeben mußte. In dem Traume ist nun der Schmetterling das Symbol der Manneskraft, die ich vor Jahren einbüßte gleich meiner Lehrtätigkeit und nach denen beiden ich mich sehne. Der Traum ist ein Wunschtraum. Er bedeutet, daß ›mein besonderer Liebling‹, der lang vermißte, nun nach Jahren wiederkehrt und sich in wunderbarer Schwungkraft erhebt, in neuer ungeahnter Größe erblüht.

Vielleicht weil meine ganze wissenschaftliche Erfahrung sich gegen die Existenz eines solchen Ungetüms sträubt – die Spannweite des größten Schmetterlings mißt einen Klafter, er lebt in unzugänglichen Tropensümpfen –, vielleicht weil ich selbst, von dem Arzte geschickt und unmerklich geleitet, zu jener Deutung des Traumes gelangte – kurzum, ich war völlig von ihrer

Richtigkeit überzeugt. Der Arzt hat mir alle trüben Gedanken ›ausgeredet‹, wie das Volk so richtig sagt. Ich fühle mich wieder gesund.

Aber etwas anderes ist es, was mich bedrückt. Meine Enkelin, ein bildschönes Mädchen – seit dem Tode ihrer beiden Eltern lebt sie bei mir –, ist seit dem Abende, da ich den Riesenschmetterling zum zweiten Male zu sehen glaubte, verschwunden.

Ich bin ratlos, und immer wieder plagt mich der Gedanke, daß ich in einem Anfall von Geistesstörung – an den ich mich natürlich nicht erinnere – das arme Kind mißhandelt haben könnte und daß sie darum fort ist. Das Kind war meine einzige Freude. Nun bin ich ganz allein . . .«

Bei diesen Worten fiel mir plötzlich ein, daß ich die Meldung über die vermißten Frauen noch immer nicht erstattet hatte. –

Der Erzähler war zu Ende und schwieg, das Haupt in den Händen vergraben. Die Abendschatten sanken nieder, und in dem Raume lastete bedrücktes Schweigen. Schweigend schritt ich auf und nieder, bewegt von mächtiger Erregung.

Mit Sinnestäuschung und mit Traumdeutung war all dies nicht abzutun. Das waren Tatsachen. Tatsachen, die unfaßbar schienen, mit denen man sich aber auseinandersetzen mußte. Der Flügellöwe in Venedig und der Flügelsalamander Mariposas, der Riesenfalter des Professors und der Vampir des Bauern, deuten sie nicht alle nach demselben Ziele – Wegweiser einer kühnen Bahn, die machtvoll aufstrebt in geheimnisvollem Dunkel?

»Immer wieder diese Rätsel Mariposas«, sprach ich in Gedanken vor mich hin.

»Sie kennen ihn?« fuhr der Professor auf. »Er war mein Hörer, mein bester Schüler. Ich trau' ihm manches zu . . .« Erbleichend faßten wir einander bei den Händen mit einem Blick entsetzten Ahnens.

Ich erzählte dem Professor alles, was ich von Mariposa wußte: von seinen Studien und der geheimnisvollen Reise, von den geheimnisvollen Flügeltieren bis zu dem sonderbaren Frauentrupp, bei dem ich seine Enkelin vermutete.

Er brach sogleich auf, um sie dort zu suchen. –

Auf der Rückfahrt ließ ich in Leoben zum Mittagessen halten. Während ich auf die Mahlzeit wartete, blätterte ich in den »Leobner Nachrichten«, die mir gerade in die Hände fielen.

Da stand in der Lokalchronik unter dem Titel »Sonderbare Halluzinationen« folgendes zu lesen: »Vorgestern abend fand in der Städtischen Singspielhalle ein Konzert der Wiener Symphoniker statt. Während der Veranstaltung beobachteten die Saaldiener einen ungeheuren Schmetterling, größer als ein Reiher, der über dem Konzerthaus kreiste und sich bisweilen auf dem Dache niederließ, wie wenn er der Musik zuhören wollte. Als das Konzert zu Ende war, verschwand er in dem Nachtgewölke.«,

Um diese Zeit erlebte ich die Freude, einen Lieblingswunsch erfüllt zu sehen. Ich hatte ein Landhaus in Grinzing gekauft. Die Einrichtung war fertiggestellt, nun konnte ich die Villa beziehen.

Nicht nur das Unglück, auch die Freude kommt selten allein. Auch die Erfüllung eines anderen, noch sehnlicheren Wunsches war mir beschieden: Désirée willigte endlich ein, meine Frau zu werden. Immer wieder hatte sie die Erfüllung dieser Bitte hinausgeschoben. Bald war es ihre Jugend, auf die sie sich berief, bald die Vollendung ihrer Universitätsstudien, die sie erst abwarten wollte.

In Augenblicken des Zweifels sagte ich mir, daß dies nur Ausflüchte seien. Liebte sie mich von ganzem Herzen, sie würde nicht zögern. Aber sie liebte nicht mich, nicht einmal meine Liebe, sie liebte meine Vorzüge. So ist nun einmal die Art gefeierter Frauen. Vielleicht wollte sie Zeit gewinnen, um auch die anderen Männer zu prüfen, die ihr huldigten. Darunter waren reichere als ich, jüngere, hübschere.

Schwer genug litt ich dabei. Aber ich wagte nicht, sie vor ein Entweder–Oder zu stellen, denn ich fürchtete, sie damit ganz zu verlieren. Was sollte ich tun? Ich war über vierzig, sie kaum zwanzig und wunderschön. Ich war ihr verfallen.

Endlich hatte sie mir ihr Jawort gegeben. Nun glaubte ich sie ganz errungen zu haben, und darin erblickte ich die Krönung meines Lebens.

Heute war Désirées Geburtstag. Am heutigen Tage wollte ich mein neues Landhaus beziehen. Meinen Einzug feierte ich durch ein Mahl, welches zugleich auch Verlobungs- und Geburtstagsfeier sein sollte. Doch hatte ich nur einen einzigen Gast geladen: Désirée.

Die Mahlzeit auf der Terrasse einzunehmen war unmöglich, denn es regnete in Strömen. Ich ließ darum im Herrenzimmer servieren.

Der Raum war in demselben silbern-schwarzen Ton gehalten wie die Bibliothek Mariposas: lichter Teppich, schwere, dunkle Möbel, an den Wänden farbig leuchtende Gemälde. In den Garten führten breite Fenstertüren. Sie waren jetzt wegen des Regenwetters verhängt von gelben wolkigen Gardinen, so daß die Stube in ihrem sanft gedämpften Lichte die Stimmung wohliger Geborgenheit atmete.

Die Mahlzeit war beendigt. Das Gespräch stockte. Ich zündete mir eine Zigarre an und blickte, behaglich träumend, nach dem Rauche, der sich in blauen Ringen kräuselte.

»Einer fehlt jetzt hier«, sprach ich halblaut vor mich hin.

»Wir werden ihn wohl nie mehr sehen«, setzte Désirée bekümmert fort. »Wie dumm mein Hochmut doch gewesen ist . . . Zu spät habe ich sein Genie erkannt. Dabei war so viel Liebe in ihm, und es war niemand da, der sie entgegengenommen, der sie erwidert hätte . . . Armer, edler Mariposa . . . Wie gerne wollte ich gutmachen . . .«

Mich überraschte Désirées Trauer; fast machte sie mich eifersüchtig.

»Komm, Liebste«, sagte ich, »wir wollen seiner in Freundschaft gedenken, aber wir dürfen uns dieses dreifache Fest nicht zerstören. Über dem dunklen Grunde der Trauer um den Freund soll die schöne Gegenwart umso heller leuchten.«

Die Genüsse der Tafel und der behaglich schöne Raum, die Freude an meinem neuen Besitztum, die Freude an Désirée, all dies hatte mich in heiterste Laune versetzt, und diese frohe Stimmung schien sich allmählich meinem schönen Gaste mitzuteilen.

Wunderbar war der wechselnde Ausdruck ihrer großen dunkelblauen Augen. Bald strahlten sie in schwärmerischem Glanze, bald erloschen sie in einem träumenden Dunkel, indes ich zu ihr sprach.

Doch galt dies wirklich meinen Worten? Ihr Blick war nicht auf mich gerichtet, ihre Blicke mieden mich; In mir erwachte peinigende Ungewißheit: Ich mußte sie unausgesetzt betrachten, ihren Mund und ihre Augen. Und da sagte mir irgendein Rest von Künstlerschaft, eine Ahnungskraft meines liebenden Herzens, daß nicht ich es bin, dem dieses Leuchten ihrer Augen, dieses Lächeln ihres Mundes gilt; daß sie anderen, neuen Freuden entgegenlächelt, unbekannter holder Rede, etwas Unbekanntem, einem Unbekannten.

Sie wurde merklich unruhig und zerstreut. Auch blickte sie wie unwillkürlich nach dem Fenster. Mitten im Gespräche, offenbar einem plötzlichen Einfall folgend, bat sie mich, ich möge die Gardinen hochziehen, sie wolle den Garten sehen. Mir erschien der unvermittelte Wunsch zwar befremdlich, doch beeilte ich mich, ihn zu erfüllen. Umso lieber, als mir dies den Vorwand bot, das Licht zu löschen: denn aus dem hellen Zimmer konnte man nicht in das Dunkel schauen.

Nun standen wir beide am Fenster und blickten hinaus. Das Unwetter war verzogen, es war eine milde schöne Frühlingsnacht. Aus dem schwarzen Himmel leuchteten die Sterne in kaltem klarem Glanze. Dunkel lagerten die sanften Hänge des Wienerwaldes, im Dunkel lag der Garten. Ringsum war es stille.

Schweigen war auch zwischen uns, und eine trübe Ahnung überkam mich, als träte nun das Unbekannte feindlich zwischen Désirée und mich. Ich dürstete nach einem guten Worte, und zaghaft bittend faßte ich nach ihrer Hand. Doch sie entzog sie mir, und mit einem halberstickten Rufe des Entsetzens, des Entzückens wies sie hinaus. Hinaus auf die Wipfel der Lärchen, die unter einem Windhauche erschauernd im Lichte des Mondes schimmerten.

Da, von einem Wipfel, hundert Schritt von uns, da löst sich etwas los. Erst scheint's wie eine weiße Flagge, die hochgezogen wird. Aber nein, jetzt tritt es aus dem Schatten in das volle Licht des Mondes, jetzt sehe ich es deutlich. Es fliegt, Schwingen hat es, mächtige Flügel, Schmetterlingsflügel.

Ein riesenhafter Schmetterling, ein Schmetterling von der Größe eines Menschen und mit Schwingen von der Spannweite eines Kondors. Silberweiß sind sie und leuchten herrlich im Mondlicht. Wenn er sich im Fluge wendet, sieht man die untere Flügeldecke: wie Perlmutter schillert sie in allen Regenbogenfarben.

Hoch, turmhoch schwingt er sich empor mit ein paar mächtigen Flügelschlägen und kreist ruhig in den Lüften, immer über dem Garten, als ob er hier nach etwas spähe.

Jetzt läßt er sich im Gleitflug nieder; jetzt kann ich seinen Rumpf erkennen. Trügen mich meine Augen, trübt mir der Schreck den Blick? Nein; es mag ein Wunder sein, doch eine Sinnestäuschung ist es nicht: Zwischen den Schmetterlingsflügeln ruht der Körper eines Menschen, statuenhaft schön, wie aus Marmor gemeißelt und wie Marmor so weiß. Nur das Haupt ist in den sausenden Wendungen des Fluges nicht deutlich wahrzunehmen. Pfeilschnell schießt er nieder, gerade auf uns zu. Nun kann ich seine Augen sehen, wie sie im Dunkel flammend leuchten. Vogelaugen, Raubtieraugen, Zyklopenaugen . . . Nein, das ist mehr, als eines Menschen Blick ertragen kann . . . Itzapalotl, der böse Schmetterlingsgeist . . .!

Halb besinnungslos reiße ich die Rolläden nieder, wanke zum Schalter und mache Licht. Der Diener kommt hereingestürzt, schreckensbleich, und fragt, ob ich gerufen habe. Wortlos, atemlos deute ich nach dem Fenster, dessen Laden unter den dumpfen Schlägen des Riesenfalters erdröhnen.

Der Diener will zum Fenster. Aber Désirée tritt ihm in den Weg und sagt gemessen abweisend: »Es ist nichts, Sie können gehen. Wir haben Sie ja nicht gerufen.« Kopfschüttelnd geht der Diener ab.

Auch Désirée verläßt das Zimmer. Vor der Tür sieht sie sich noch einmal um, nach dem Fenster. Ich fange ihren Blick auf. Aus diesem Blicke spricht nicht Schrecken, eher Entzückung, ja Verzückung. Wie bei den Frauen jenes sonderbaren Trupps.

Mir war's nicht unlieb, daß sie mich allein ließ. Ich schämte mich vor ihr, weil sie mich zittern sah. Freilich, den wollte ich sehen, der vor solch ungeheuerlichem Anblick nicht erzittert! –

Nun konnte ich mich sammeln. Die Schläge von draußen waren nicht mehr zu hören. Vorsichtig schlich ich zum Fenster, öffnete die Laden und lugte hinaus. Nichts. Stille, klare Nacht. Es war verschwunden, wie ein Spuk, wie nie gewesen.

Aber Désirée kam nicht zurück. Ich wurde unruhig und ging hinaus ins Vorhaus, um nach ihr zu sehen. Der Kleiderstock war leer, ihr Hut und Mantel waren fort. Ich rief sie, suchte sie im ganzen Hause, im Garten, weckte die Dienerschaft, die suchen half. Ich stürzte zum Gartentor, spähte auf die Straße. Vergeblich.

Wie Zentnerlast drückte es mich nieder. Aufstöhnend preßte ich die Hände vors Gesicht und schluchzte: »Das also ist die Krönung meines Lebens . . .! Auf diesen Abend habe ich mich wie ein Kind gefreut. . . Ach, man darf sich auf nichts freuen . . .«

Sogleich am nächsten Morgen war ich in Désirées Wohnung. Sie war nicht zu Hause, war seit gestern abend nicht nach Hause gekommen.

Was hatte diese Flucht zu bedeuten? Wen floh sie? Zu wem?

Ich konnte die Nachforschungen nicht fortsetzen. Denn von Professor Möller langte ein Telegramm ein, worin er mich bat, sofort auf Mariposas Gut zu kommen, er erwarte mich dort.

Nur widerwillig entschloß ich mich zur Reise. Frierend, übernächtig hüllte ich mich in die Decke und suchte Schlaf. Aber das Rütteln des Wagens und das Pochen der Sorgen ließen mich nicht Ruhe finden. In trübem Sinnen blickte ich hinaus auf die müde, graue Landschaft, auf die windgepeitschten Bäume, indes der Regen an die Scheiben schlug.

Was war's mit der geflügelten Erscheinung heute nacht?

Immer wieder umkreiste sie mein Denken, und wenn ich die Augen ruhesuchend schloß, so stand's vor mir: im weißen Lichte des Mondes die weiße Marmorstatue, schwebend, beschwingt mit weißen Fittichen. Lieblich und doch grauenvoll. –

Professor Möller erwartete mich ungeduldig. Verstört, mit offenen Armen kam er mir entgegen. »Doktor, Gott sei Dank, daß Sie da sind. Ich habe sie wiedergefunden« – damit meinte er seine Enkelin –, »aber in welchem Zustand . . .«

Ich bat ihn, zu erzählen, doch er wehrte ab. »Nein, jetzt noch nicht. Bald genug werden Sie es sehen. Ich will Sie durch meine Erzählung nicht beeinflussen; denn ich muß mich wieder einmal überzeugen, ob ich nicht an Halluzinationen leide. Mit Einbruch der Nacht, gegen neun Uhr, werden Sie alles sehen.«

Bis dahin waren noch drei Stunden. Ich schlug vor, unterdessen die Villa Mariposa zu durchsuchen, da ich sie bei meinen früheren Besuchen nur ungenau besichtigt hatte.

Dem gütigen alten Herrn mochte mein bedrücktes Wesen auffallen; denn er fragte mich, was mir denn Böses zugestoßen sei.

Ich erzählte ihm mein gestriges Erlebnis, von der Erscheinung des Phantoms – ein Menschenfalter, nicht bloß ein Riesenfalter – und von Désirées Flucht. Er hörte mir gespannt zu, schien aber keineswegs erstaunt. Als ich zu Ende war, murmelte er: »Noch eine Besessene mehr!«

So bekümmert er auch war, er konnte es kaum erwarten, die Schmetterlingsvivarien Mariposas kennenzulernen. Ich führte ihn hin; während ich selbst mich in die Wohn- und Arbeitsgemächer begab.

Diese Räume durchsuchte ich auf das sorgsamste, wobei mir die Pächtersleute halfen – ohne übertriebene Bereitwilligkeit, aber auch ohne Widerstreben. Ich durchwühlte jede Lade, ob ich nicht ein Schriftstück oder sonst etwas fände, das Aufklärung bringen könnte; ich suchte den Fußboden ab, ob er nicht irgendwo eine Versenkung bedecke, ich klopfte die Mauern ab, hob die Bilder von den Wänden, ob sich dahinter ein Geheimfach verberge.

Irgendwie war Rolf hinzugekommen. Nach kurzer stürmischer Begrüßung merkte das kluge Tier sogleich, was ich trieb, und half in seiner Weise redlich mit. Ich beobachtete ihn aufmerksam, damit mir sein Verhalten zur Führung diene. Aber er zeigte keinerlei besondere Erregung.

So waren wir bis ins Laboratorium gekommen, ohne daß ich etwas Nennenswertes gefunden hätte. Plötzlich begann der Hund zu bellen. Nun hieß es achtgeben, hier mußte etwas los sein.

Die Wand, welche der Hund verbellte, war fast zur Gänze von einem Regal verkleidet, auf dem eine Menge Flaschen, Phiolen, Eprouvetten, Instrumente und dergleichen standen. Ich räumte alles heraus und hielt es dem Hunde hin. Er beschnupperte es gleichgültig und bellte weiter. Meine Frage, ob nicht hinter dieser Wand ein anderer Raum verborgen sei, verneinten die Leute auf das entschiedenste. Aber der Hund gab noch immer Laut.

Nun suchte ich mit einer Taschenbatterie die Innenwände des Regales ab, und da fand ich zwei Scharniere. Ich ließ sie spielen, sie gaben nach. Das Regal und mit ihm die ganze Zimmerwand drehten sich um eine Angel, und eine Türöffnung wurde frei; Die Pächtersleute – ich hatte sie nicht aus den Augen gelassen – waren nicht weniger erstaunt als ich.

Durch diese bisher unsichtbare Türe gelangten wir in einen kleineren Raum. Er war fast ganz angefüllt, so daß man sich darin kaum bewegen konnte. In der Mitte stand ein Bett, das den größten Teil des Zimmerchens einnahm, eine ganz absonderlich gebaute Liegestatt. Alles andere war rings um das Bett gruppiert, so daß es von hier aus leicht zur Hand war. Da lagen Bücher, wissenschaftliche und belletristische – eines war sogar noch aufgeschlagen. Auf einem Portativ standen Porzellantiegel, wie man sie in Apotheken sieht. Dann war da eine ganze Reihe komplizierter Apparate, unter denen ich ein Sauerstoffgebläse erkannte, und ein großer elektrischer Ofen. Er mußte in dem verhältnismäßig kleinen Raume eine wahre Treibhauswärme erzeugen, jetzt war es freilich kühl, denn das Fenster – es war hoch über dem Fußboden – stand offen. Nun erinnerte ich mich: das war der offene Fensterflügel, der mir bei meinem früheren Besuche aufgefallen war.

Worauf sich Rolf sogleich mit freudigem Gewinsel stürzte, das war ein Bündel Kleider und Wäsche, die auf dem Bettvorleger herumlagen: achtlos hingeworfen wie Kleidungsstücke, deren man sich vor dem Schlafengehen entledigt. Die Pächtersfrau erklärte bestürzt, dies sei der Anzug, den Mariposa zuletzt trug, ehe er verschwand.

Mit dem Raume da mußte es seine besondere Bewandtnis haben. Vielleicht konnte Professor Möller hier etwas finden, das Aufschluß brachte. Ich ging ihn holen.

Er stand da vor einem der Glaskasten, die Hände auf dem Rücken gekreuzt, regungslos, mit hochgeröteten Wangen. So sehr vertieft war er in den Anblick, daß er mich gar nicht kommen hörte.

»Menschenskind«, brach er los, »Sie durften dieses Heiligtum betreten? Das heiße ich doch wirklich Perlen vor die . . .« Er besann sich und vollendete den Satz nicht. »Ja, haben Sie denn eine Ahnung, was da hier an Fleiß, an Gelehrsamkeit und genialem Scharfsinn aufgespeichert ist? Ich habe bisher geglaubt, daß ich von Entomologie etwas verstehe. Aber hier komme ich mir vor wie ein Abc-Schütze. Nein, da kann man nur schweigen und bewundern. Und so etwas hat der Mensch vor der gelehrten Welt geheimgehalten. Unfaßbar!«

Er konnte sich kaum trennen von dem Anblick. Mit schwerer Mühe bewog ich ihn, mir in das neuentdeckte Zimmer zu folgen. Hier erklärte er mir die unbekannten Apparate: Der eine mißt Sauerstoffverbrauch und Kohlensäurebildung, also die Atmung lebender Gewebeteilchen, nicht größer als ein Stecknadelkopf. Ein anderer kinematographiert Wachstum, Teilung, Wanderung und Sterben der Zelle. Ein dritter dient der Messung ihres Wachstums. Dann das »Mikrotom«, das Gewebestücke von Hirsekorngröße in mehrere hundert Schnitte teilt.

Er prüfte eingehend den Inhalt der Tiegel, schüttelte den Kopf und schien ratlos.

Schon wollten wir den Raum verlassen, da sprang Rolf auf das Bett, durchwühlte die Laken und zog etwas hervor, das aussah wie ein Sack, ein Polsterüberzug. Professor Möller, schon im Gehen, griff nach dem Ding und sah es an. Dann blieb er stehen, sichtlich betroffen, rieb die Augengläser, wurde hochrot im Gesicht, roch, riß, probierte an dem Ding herum, trat dicht an mich heran, daß ihn die Bauersleute nicht verstehen konnten und flüsterte mir zu, die Stimme zitternd vor Erregung: »Wissen Sie, was das hier ist? Ein Puppengespinst, ein Kokon. Natürlich nicht von einem gewöhnlichen Falter, nein, von einem Riesenschmetterling.

Jetzt wird die ganze Einrichtung verständlich. Da der große Ofen, um während der Verpuppungszeit das Zimmer entsprechend temperiert zu erhalten, und hier der Oxygenapparat, um den erforderlichen Sauerstoff zuzuführen.

Sie müssen nämlich wissen, daß Wärme und Sauerstoffzufuhr die Entwicklung der Puppe zum Schmetterling günstig beeinflussen.

Da, in diesem Bett hat er sich verpuppt, und oben das offene Fenster, das ist das Flugloch. Erkennen Sie jetzt die Zusammenhänge . . .?«

Hastig verzehrten wir das Abendbrot. Nun war es Zeit zu gehen. Sturm und Regen hatten sich verzogen, es war eine helle, milde Mondnacht. Wortlos schritten wir nebeneinander her, jeder mit seinen Gedanken beschäftigt. Der Professor blickte immer wieder empor zu den Wipfeln der Bäume.

Plötzlich blieb er stehen, faßte mich am Arme und deutete auf eine Eiche. An dem Baume war ein riesiger grünlicher Auswuchs zu sehen; etwa wie ein Gallapfel, nur ungeheuer groß, so groß wie ein Luftballon. Wortlos starrte der Professor hin und war nicht von der Stelle zu bewegen.

»Weiter, weiter, Herr Professor. Diesmal begreife ich Ihre Erregung wirklich nicht. Es ist ja wahr, das Ding ist unheimlich groß. Aber was ist weiter dran? Irgendein Auswuchs, ein Riesengallapfel. Schicken Sie ihn der Gartenbaugesellschaft, die wird sich darüber freuen.«

»Oh, Sie Kind, Sie begreifen meine Erregung wirklich nicht? Wären Sie vielleicht nicht erregt, wenn Sie da plötzlich einen Marienkäfer von der Größe einer Kuh oder ein Maiglöckchen so hoch wie eine Pappel vor sich sehen würden? Und doch wäre es kein größeres Wunder als dieses hier, vor unseren Augen.

Aber es ist nicht nur das. Sehen Sie, Sie haben ganz richtig vermutet; es ist wirklich ein Riesengallapfel. Nun, durch die Existenz dieses Riesengallapfels erscheint eine Frage entschieden, welche sowohl die Entomologen als auch die Botaniker bisher vergeblich zu beantworten suchten. Es ist dies die alte Streitfrage: Wie entstehen die Cecidien, jene gallenartigen Gebilde? Werden sie von den Pflanzen erzeugt, gleichsam aus Gefälligkeit für die Insekten, oder rufen die Insekten sie hervor, indem sie gewisse unbekannte Säfte in das Pflanzeninnere ergießen?

Nun ist es klargeworden: Das letztere ist richtig. Denn wenn die Pflanze die Erzeugerin der Gallen wäre, dann müßte man schon längst so große Auswüchse wie diesen hier beobachtet haben. Daß aber ein solch riesenhafter Auswuchs von einem der bisher bekannten Insekten stammen könnte, ist unmöglich. Es wäre denn, daß Myriaden von Insekten bei der Erzeugung dieses gigantischen Cecidiums zusammenwirkten – was bisher gleichfalls noch nie beobachtet wurde. Bleibt nur die Möglichkeit, daß es ein Riesenkerf war, der diesen Riesenauswuchs hervorrief.«

Solch einen Riesen gibt es – jetzt. Wir kennen ihn.

»Merkwürdig« – er murmelte es vor sich hin – »fast scheint's, als ob er auch noch jetzt vom Experimentieren und Probieren nicht lassen könnte.«

Unterdessen gelangten wir immer tiefer in den Wald. Der Weg war recht beschwerlich. Durch das Dickicht der hohen Stämme drang kaum ein Strahl des Mondes, Astwerk schlug uns ins Gesicht, Wurzeln versperrten den Weg.

Endlich wurde es heller, mattes Licht schimmerte durch die Zweige. Vor uns lag eine Waldlichtung. Professor Möller blieb stehen und machte mir ein Zeichen, mich stille zu verhalten. Der Mond war hinter weißlichem Gewölk verschwunden, so daß ein ungewisser, silbern matter Schein alles erfüllte. Wie ein Elfenreich, wie eine Mythenlandschaft.

Und was ich nun sah, war mythisch, elfenhaft, schien unwirklich, unmöglich.

Der Frauentrupp der Flüchtigen war hier versammelt. Sie waren nackt. Unter den Bäumen lagen ihre Kleider, sie selber tanzten nackt umher. Tanzten einen bacchantisch wilden Reigen, die glühenden, verzückten Blicke aufwärts gerichtet.

In ihrer Mitte, über ihren Häuptern schwebte silbern leuchtend der Riesenfalter. Bald schwang er sich empor mit sausend raschem Flügelschlage, bald senkte er sich kosend nieder, erkor eine Gefährtin seiner Lust, umschwirrte sie in tändelnd nimmermüdem Liebesspiele.

Bebend faßte der Professor meinen Arm und wies auf ein schönes Mädchen, das seine schlanken Glieder, seine straffen Brüste darbot unter Jubelrufen.

»Das ist sie«, stöhnte er. »So muß ich sie sehen. Sie, die bisher die Reinheit selber war!«

Halb unwillig wehrte ich ab und lauschte, spähte weiter in atemlosem Staunen und Entzücken. Wie war das traumhaft schön, sinnverwirrend lockend, märchenhold verführerisch. Vor meinen Augen wurde die graue Vorzeit wiederum lebendig. Kyprischer Kult – ein Bacchusfest – Astartetänze. Freudetrunken opfern schöne Frauen einem Liebesgott.

»Wüst wie eine Blockbergszene«, hörte ich meinen Begleiter und wachte auf aus meinem Taumel. »Kommen Sie, Herr Doktor, es ist höchste Zeit. Wenn die uns bemerken, so ist's um uns geschehen. Das sind ja rasende Mänaden.« Und zog mich mit sich fort.

Ich wurde wieder nüchtern, und sogleich meldete sich der gute Bürger, der Jurist zu Wort. »Sehr schön«, sagte ich, »als Traum, als Schauspiel. Aber im Rahmen unserer Gesellschaftsordnung und vor dem Forum unserer Gesetze, was ist es? Grober Unfug, Verletzung der öffentlichen Sittlichkeit.«

»Ja, das ist es, und deshalb habe ich Sie gebeten hierherzukommen. Wir dürfen hier nicht länger untätig zuschauen. Wir müssen alles daransetzen, um diese Verirrten, diese Irren ihrer Familie, der bürgerlichen Ordnung wiederzugeben. Das ist unsere soziale Pflicht, aber auch unser eigenstes persönliches Interesse. Nicht nur das meine – wegen meines Enkelkindes –, auch das Ihre, wegen Ihrer Freundin. Denn ich bin überzeugt, daß sie demnächst hier in diesem Kreis zu finden sein wird.«

Ich horchte auf. »Wie kommen Sie zu dieser Vermutung? Sie scheinen sich also schon eine ganz bestimmte Ansicht über diese Schmetterlingsanbetung gebildet zu haben. Wollen Sie mir sie nicht mitteilen?«

»Es ist noch keine bestimmte Ansicht, es sind bloße Vermutungen.

Ich mußte mich vor allem fragen, wieso es kommt, daß all diese Frauen, von denen keine die andre kennt, die in verschiedenen Gegenden wohnen, ohne vorherige Verständigung gerade hier zusammentrafen. Sicher scheint zu sein, daß hier das Nest, oder wie ich es sonst nennen soll, des Riesenfalters ist. Was hat also diese Frauen hierhergeführt?

Wir haben zwei Einzelfälle, welche uns Beobachtungsmaterial liefern und aus denen wir auf alle übrigen schließen können: meine Enkelin und Ihre Freundin. In beiden Fällen ist eine persönliche Begegnung mit dem Falter vorausgegangen, beide haben ihn gesehen. Welche Kraft hat sie dann hierhergetrieben, ihm nach?

Es ist jedenfalls irgendeine Anziehungskraft, die von dem Falter ausgeht. Welche?

Dafür gibt es zwei Erklärungen, die beide nebeneinander bestehen könnten.

Die eine ist: Willenseinwirkung, also sagen wir Hypnose. Der Falter hat ihnen, als er sie sah, den hypnotischen Befehl erteilt, ihm hierher zu folgen. Einer solchen Willensübertragung scheint dieses Wesen wohl fähig zu sein. Diese Erklärung ist sozusagen menschlich, anthropomorph, das heißt, sie geht aus von einer menschenähnlichen Artung dieses Wesens.

Und nun die zweite. Sie ist, wenn ich es so nennen darf, tierhaft. Sie wird Ihnen vielleicht, phantastisch erscheinen, mir sagt sie womöglich mehr zu als die erste.

Da muß ich zum besseren Verständnis etwas vorausschicken, was zu den interessantesten Kapiteln der Schmetterlingsbiologie gehört. Es steht fest, daß bei den Schmetterlingen der Reiz, welchen die Geschlechter aufeinander ausüben und der sie zur Paarung treibt, in Sinneseinwirkungen besteht. Nicht nur auf den Gesichtssinn – daher die schönen Farben der männlichen Falter –, sondern in noch weit höherem Maße auf die anderen Sinne.

Die Wissenschaft spricht von Duftwirkungen, sie nimmt an, daß jedes Tier ein förmliches ›Duftfeld‹ erzeuge, welches die andersgeschlechtlichen Tiere in seinen Liebesbann zwingt. Tatsache ist, daß von manchen Schmetterlingsarten Düfte ausströmen, die sogar wir Menschen mit unseren unermeßlich gröberen Geruchsorganen wahrnehmen können. Wie mögen diese Düfte erst auf die kleinen Tierchen wirken, deren Sinne wahrscheinlich in demselben Maße feiner, wie sie selbst kleiner sind als wir Menschen?

Über welch riesige Entfernungen diese Düfte auf Schmetterlinge wirken, geht aus folgendem Experiment hervor. In einer Gegend, wo eine bestimmte Schmetterlingsgattung besonders häufig vorkommt, fing ein Schmetterlingssammler ein einzelnes Exemplar dieser Gattung, ein Weibchen. Er bestieg dann den Zug und fuhr nach Hause, mehrere Stunden. Dort verwahrte er das gefangene Tierchen in einer Schachtel, die er auf das Fensterbrett stellte. Zu bemerken ist, daß in der Gegend, wo der Sammler wohnt, die betreffende Schmetterlingsgattung bestimmt nicht vorkommt. Mehrere Stunden später war die Schachtel bedeckt von einer Unzahl männlicher Schmetterlinge jener Gattung.

Es ist übrigens möglich, sogar wahrscheinlich, daß es sich hier nicht bloß um Duftwirkungen, sondern um andere Sinnesreize handelt, die noch nicht erforscht sind. Sicher ist, daß der Körper des Schmetterlings an vielen Stellen seiner Oberfläche mit sogenannten Sinnesstiften und darunter mit Nervenzellen versehen ist, daß diese Körperstellen also dazu dienen, Sinneseindrücke aufzunehmen. Welche Sinneseindrücke, das wissen wir nicht. Wir sprechen hier meistens von einem sogenannten chemischen Sinn.

Sie werden nun verstehen, worauf ich hinaus will. Ich meine, daß von dem Riesenschmetterling ähnliche Wirkungen ausgehen, welche auf die Frauen eine ungeheure aphrodisische Macht ausüben und sie erotisch in seinen Bann zwingen. Von welcher Kraft diese Strahlungen sind, können wir uns natürlich auch nicht annähernd vorstellen. Sie müssen dämonisch übermächtig sein, um diese ehrsamen Haustöchter und Mütter in besessene Mänaden zu verwandeln.«

»Diese Erklärung«, entgegnete ich, »ist sicherlich geistvoll und überzeugend. Aber was nützt es, wenn wir die Ursache kennen? Die Wirkung müssen wir beseitigen. Wir gehen einfach zum nächsten Gendarmerieposten und lassen die Ausreißerinnen nach Hause schaffen.«

»Und Sie glauben, die werden gutwillig mitgehen? Man wird für jede einzelne von ihnen zwei Gendarmen brauchen. Und wenn sie schon mit schwerer Mühe nach Hause eskortiert sind, dann werden sie aufs neue durchgehen. Vergessen Sie nicht, daß diese Frauen psychisch unfrei sind. Und wer wird sie aus dieser Unfreiheit befreien?«

»Wie also gedenken Sie hier Ordnung zu schaffen?«

»Die Wirkung bekämpft man am besten, indem man die Ursachen beseitigt. Man wird sich des Riesenfalters bemächtigen müssen. Schon im Interesse der Wissenschaft.«

»Das möchte ich nicht« – ich machte eine bestürzt abwehrende Geste –, »jetzt noch nicht. Erst wenn alle anderen Mittel versagen.« –

Ich mußte eilends aufbrechen; denn ich hatte am nächsten Morgen dringend in Wien zu tun, und es war schon nach Mitternacht.

Zu einem positiven Entschluß gelangten wir nicht. Nur darüber waren wir uns einig, die Hilfe der Behörden einstweilen nicht anzurufen. Denn damit würden wir ungeheures Aufsehen erregen und uns die weitere Entscheidung entwinden.

Da der Professor die bestimmte Vermutung aussprach, Désirée werde demnächst hier erscheinen, gab ich ihm ihre Personenbeschreibung und bat ihn, er möge sie anhalten und ihre sofortige Rückreise in Begleitung meines Chauffeurs veranlassen. Den Chauffeur, der Désirée selbstverständlich kannte, ließ ich zurück und gab ihm die entsprechenden Anweisungen.

Nach Wien zurückgekehrt, fragte ich sogleich nach Désirée. Sie blieb verschwunden.

Unter der eingelangten Post war ein Brief aus Graz. Ein dortiger Notar teilte mir mit, ein Herr namens Papilio Mariposa hätte ihm ein versiegeltes Schriftstück mit dem Auftrag übergeben, es mir nach Ablauf eines Jahres mit unverletztem Siegel einzusenden. Diesem Auftrage entspreche er nunmehr, indem er mir das hinterlegte Schriftstück mit der Bitte um Empfangsbestätigung zustelle.

Ich lasse den Inhalt dieses denkwürdigen Dokumentes wörtlich folgen.

»Lieber Freund!

Als ich von Ihnen Abschied nahm, sagte ich, daß ich eine Forschungsreise unternehmen würde. Das ist wahr und auch nicht wahr, ja, ich werde eine Reise tun, wie sie noch nie zuvor ein Mensch gewagt hat. Eine Reise, von der ich vielleicht gar nicht, sicherlich als ein anderer heimkehre, denn ich auszog. Und doch werde ich keinen Schritt vors Haus tun. Also hören Sie.

Sie wissen, mit welcher Inbrunst, mit welch schwärmerischer Andacht ich das große Mysterium, die Verwandlung der Raupe in den Schmetterling, liebe und bewundere. Seit ich denken kann, fasziniert mich der Gedanke.

Ich war noch ein Kind, ich entsinne mich ganz deutlich, da zeigte mir mein Vater an einem schönen Frühlingstage eine Raupe und erklärte mir, wie sie sich einspinne und zum Schmetterling werde. Es war nichts weiter als eine armselige Kohlweißlingraupe, die da an einer halbverfallenen Häuserwand emporkroch. Doch ich war überwältigt, ich mußte Tag und Nacht dran denken.

Damals schon wurde der Entschluß in mir lebendig, jenes Geheimnis zu ergründen. Und er hat mich seither nicht verlassen, er wurde zu meinem Lebensplan. Das mag manchem lächerlich erscheinen. Aber Sie kennen wohl den Ausspruch Emersons: ›Es ist nichts so unbedeutend und so unscheinbar, daß ihm nicht eines Tages ein Prophet erstünde.‹ Nun, ich wollte der Prophet der Schmetterlinge werden.

Als ich älter wurde, als ich meine Häßlichkeit erkannte, als ich sah, wie mich die Menschen fliehen und verlachen, da gab ich mich dem Plane mit um so heißerem Bemühen hin. Nie hat ein Frauenlächeln mir geleuchtet, und die Freuden heiterer Gemeinschaft waren mir versagt. Einsam mußte ich bleiben. Und hatte doch ein Herz voll sehnsüchtiger Güte.

Die Menschen stießen meine Liebe mit kaltem Hohn zurück, drum flüchtete ich zur Natur, und die Erforschung ihrer ewigen Gesetze bot mir Trost. Immer tiefer versenkte ich mich in jenes urgewaltige Mysterium des Schmetterlings, und schon hatte ich manches Geheimnis ergründet, das bisher unerforscht geblieben war.

Doch damit war mir's nicht getan. Aus meiner Einsamkeit und Häßlichkeit, aus meiner ungeheuern Sehnsucht wuchs ein ungeheurer Wunsch empor: der Raupe ihr Geheimnis abzulauschen, um es dem Falter gleichzutun!

Die unbekannten Kräfte, welche die Verwandlung der Raupe in den Schmetterling bewirken, die wollte ich mir dienstbar machen. Wie die häßlich erdgebundene Raupe ihr Gespinst abstreift und sich in den liebesbeglückten, schimmernd beschwingten Schmetterling verwandelt, so wollte ich meine Häßlichkeit abstreifen und mich in einen fittichbewehrten Halbgott wandeln. Den uralten Märchentraum der Menschheit will ich erfüllen: Fliegen. Was Dädalus und Wieland der Schmied versuchten, will ich auf meine Art vollbringen.

Ich habe nie vergessen, man ließ mich's nie vergessen, daß ich Jude bin. Und Jude sein, das heißt verachtet und verhaßt sein. Doppelt verachtet und verlacht war ich, nicht nur ein Jude, sondern eine Mißgeburt.

Manch anderer hätte vielleicht Rache gebrütet. Und meine Rache könnte furchtbar sein, denn ich gebiete über viele dunkle Kräfte.

Aber ich will nicht rächen, ich will beglücken. Wie mein uraltes Volk, von den Menschen ausgestoßen, doch auserwählt von Gott, der Menschheit den Erlöser und die Evangelien schenkte, so will ich, der mißgestalte Jude, den Menschen abermals ein Wunder und Erlösung bringen.

Zehn Jahre lang, Tag und Nacht, habe ich gesucht, und nun habe ich's gefunden. Wollte ich die Resultate meiner Arbeit schriftlich niederlegen, es würde Bände füllen. Aber ich will mich kurz fassen und möglichst klar, so daß auch Sie als Laie mich verstehen werden.

Jene bisher unbekannten Kräfte der Verwandlung liegen in den Blutkörperchen der Raupe und in den Säften, welche sie absondert. Die Säfte, Enzyme, enthalten gewisse Hormone, und die Hormone im Zusammenwirken mit besonderen Blutkörperchen – Phagozyten nennt sie die Wissenschaft – sind die Träger jener verwandelnden Kraft.

Das Wort ›Hormone‹ ist Ihnen sicherlich bekannt. Es taucht gerade jetzt in wissenschaftlichen Erörterungen häufig auf. Sie haben wohl gelesen, daß zum Beispiel die ganze neue Forschung über die Verjüngung auf der Hormonenlehre aufgebaut ist. Wie sich die moderne Chemie auf Umwegen der alten Alchymie nähert, so kehrt die heutige Physiologie wieder zurück zur altehrwürdigen Lehre von den humores, den Säften. Daß das Temperament des Menschen bedingt ist durch die Artung seiner Säfte, diese alte Weisheit wird jetzt neu erkannt.

Nun, auch mit diesem Problem befaßte ich mich eingehend, und ich stellte unter anderm fest: Gleichwie die Milchdrüsenhormone des Menschen und der andern Säugetiere, die Prolaktine, einander ähneln und, dem Organismus einverleibt, die Gefühle besorgter Mütterlichkeit erwecken, so weisen die Hormone der Raupe, wenn sie sich einspinnt, eine merkwürdige Ähnlichkeit auf mit jenen Säften, die in uns Menschen die Stimmung sehnsüchtiger Erwartung hervorrufen.

Also ich erforschte die Hormone und die Blutkörperchen der Raupe, und es gelang mir endlich, jene geheimnisvoll verwandelnde Kraft in ihnen gleichsam zu isolieren. Nun versuchte ich, diese Substanz dem Organismus anderer Lebewesen anzupassen. Schritt für Schritt, behutsam tastend drang ich vor ins Unbekannte. Und manchen Schritt, den ich auf diesem weiten, mühevollen Wege machte, kennen Sie, kennt die ganze Welt. Ich meine den Flügelsalamander und den Pseudolöwen von San Marco.

Und doch waren dies bloß tändelnde Experimente, gleichsam flüchtig hingeworfene Skizzen zu dem großen Gemälde, das ich plante. Ich hätte noch mit ganz anderen Überraschungen aufwarten können, spielerisch und schreckhaft. Aber es hat mir nicht beliebt. Noch lauter wäre das Geschrei geworden, man hätte mich vielleicht entdeckt, gestört.

Gerne hätte ich, ehe ich das große Wagnis unternehme, meine Wissenschaft am Menschen selbst erprobt. Aber Mitgefühl und Furcht vor der Verantwortung halten mich ab.

Nun bin ich mit den Vorbereitungen zu Ende und kann die große Fahrt beginnen. Wohin wird sie mich führen? Werde ich das Ziel erreichen, das mir meine sorglichen Berechnungen verheißen? Wird es eine Auferstehung zu Freude, Licht und Schönheit? Werde ich ein Halbgott, ein fittichrauschender Cherub, bewundert von den Menschen und sehnsüchtig geliebt wie die Erfüllung lang gehegter Träume? Dann will ich gerne das Geheimnis meiner Forschungen verraten und will der Menschheit Freude bringen wie noch nie ein Mensch zuvor.

Aber ich weiß es, allzu weit seitab von der gebahnten Straße der erprobten Wissenschaft und der Erfahrung liegt der Weg, den ich beschreite. Er führt ins Ungewisse. Er kann zum Tode führen oder in eine schaudervolle Wildnis, weit schrecklicher, als unsre Furcht sie ahnen mag.

Zwei Möglichkeiten des Mißlingens gibt es. Die eine: daß mein Körper die durchgreifende Einwirkung des fremden Stoffes nicht erträgt, daß er jener ungeheueren Verwandlung nicht standhält. Dann sterbe ich als Opfer der Wissenschaft und meines eigenen vermessenen Wunsches. Das wäre kein sonderliches Unglück, kein allzu hoher Einsatz fürs Gelingen.

Aber es gibt noch eine andere Möglichkeit: daß sich in meine Rechnungen ein verhängnisvoller Fehler einschlich und ich zu irgendeinem Halbtier werde, zu einem Unhold, den Menschen ein Schrecknis und mir selbst zur Qual.

Ich weiß ja nicht einmal, ob ich das Bewußtsein meines Ichs bewahre. Fühlt sich der Falter mit der Raupe eins? Weiß er, daß sie sein vormaliges Ich ist? Blickt er nicht auf sie als etwas Häßliches und Fremdes? Und wird es mir, selbst wenn mein Wagnis glückt, nicht ebenso ergehen? Wird mir die Menschheit nicht als etwas Fremdes, feindselig Häßliches erscheinen?

Wenn meine Rechnung stimmt – fünfzigmal habe ich sie nachgeprüft –, wird es ein Jahr währen, ehe ich verwandelt bin. Dann wird entschieden sein, welche der drei Möglichkeiten zur Wirklichkeit wurde.

Darum habe ich verfügt, daß dieser Brief nach einem Jahr an Sie gelange.

Wenn ich die Metamorphose nicht lebend überstehe, dann werden Sie mir die Erfüllung einer letzten Bitte nicht versagen und für die Bestattung dessen sorgen, was noch von mir vorhanden ist. Wo Sie mich finden, will ich Ihnen sagen. (Nun folgt eine Beschreibung des geheimen

Raumes, den ich letzthin entdeckte.) Wahren Sie, auch wenn ich tot bin, mein Geheimnis. Ich will nicht im Gedächtnis eines Narren sterben.

Gelingt mein Unterfangen, dann soll's die ganze Welt vernehmen als eine Freudenbotschaft, und Sie werden der erste sein, dem ich als lichter Genius erscheine.

Mißlingt es, werde ich zum Tier, zu einem Feind der Menschen, dann sorgen Sie dafür, daß man mich rasch und ohne Qualen töte.

Empfangen Sie die letzten Freundesgrüße des Menschen Mariposa.«

Ich las und las sie immer wieder, die ungeheuerliche Botschaft, ergriffen, ja verstört. Es tönte mir daraus entgegen wie Geistergruß, wie eine Stimme aus dem Jenseits, erschreckend und verheißend. Zwiespältige Gefühle bewegten und bedrückten mich: Bewunderung und Mitleid, Sehnsucht und Grauen.

Was ist aus meinem Freund geworden? Ein lichter Genius? Oder ein Unhold, ein gespensterhaftes Halbtier?

Um meine Sorgen zu übertäuben, stürzte ich mich mit umso größerem Eifer in meine berufliche Arbeit und hatte umso größeren Erfolg. Wenn der Wind um unsere Ohren bläst, wenn wir im Kampf um Gut und Ehre scharf achten müssen auf den Kurs des sturmgetriebenen Schiffes, dann hören wir nicht den düsteren Sirenensang des Unbegreiflichen, und vor der Sonne des sichtbaren Erfolges zerflattern die Nebelschwaden übersinnlicher Geheimnisse.

Unversehens betraute man mich mit einer Vertretung vor dem österreichisch-italienischen Schiedsgericht in Rom, so daß ich sogleich abreisen mußte.

Mein Zug ging um neun Uhr abends ab. Bis zum Schlafengehen waren also noch zwei gute Stunden. Ich nahm meine Akten zur Hand und las sie nochmals durch.

Als dies geschehen war, zündete ich mir eine Zigarre an und überließ mich meinen Gedanken. Über Désirées Verschwinden urteilte ich jetzt schon etwas ruhiger. An eine Wandlung ihrer Gefühle konnte ich nicht glauben. Ich teilte die Ansicht Professor Möllers, daß sie unter dem Zwang des Menschenfalters stand. Sie ist krank, und wenn sie wiederum genesen ist, kehrt sie zu mir zurück. Aber wird sie genesen, wird es gelingen, sie zu heilen?

Warum erschien uns Mariposa in seiner neuen Gestalt? Um sich mir mitzuteilen? War ihm Désirée verfallen, ohne daß er's wollte? Oder war er nur gekommen, um sie mir zu rauben?

Ich überdachte sein vormaliges Leben, seine beharrlichen stummen Werbungen um Désirée, das heimliche Lauern vor ihrem Haus, als er das letztemal in Wien war. War diese Anbetung hoffnungslos, diese Liebe selbstlos gewesen? Oder hatte er schon damals den Plan gefaßt, sie zu erobern, aber – seiner Ohnmacht bewußt – weit ausschauend gewartet, bis sich durch seine Verwandlung die Ohnmacht in Übermacht wandle?

Wie vertrug sich dieser Treubruch mit seiner Freundespflicht? Regte sich nicht sein Gewissen? Hatte er menschliche Wertungen verloren? War dies der Dank für mein selbstloses Bemühen,

Désirées Widerwillen gegen ihn zu zähmen? Wer hätte je gedacht, daß er, der Gütige, so grausam in mein Leben eingreifen werde! Bitterer Groll stieg in mir auf.

Vor mir erstanden alle Bilder seiner Erniedrigung wie er in dem dunklen Gäßchen die höhnenden Dirnen anbettelte, wie er in der Bar von Désirée zurückgestoßen wurde. Und jetzt, jetzt war er ein leuchtendes, beschwingtes Fabelwesen, dessen bloßer Anblick alle Frauen willenlos in seinen Bann zwang. Welch ein Triumph! Welch ein ungeheuerliches Schicksal, welch märchenhafte Wandlung!

Ich zog den Vorhang auf und blickte hinaus zum Fenster. Es war nach Mitternacht. Wir hatten den Semmering hinter uns und waren nicht mehr weit von Graz. Hier irgendwo in der Nähe mußte die Straße abzweigen in die Gegend, wo das Landgut Mariposas lag.

Mariposa und immer wieder Mariposa! Nein – ich machte unwillkürlich eine abwehrende Geste –, ich darf mir meinen Lebensmut und meine Arbeitsfreude durch diese unfruchtbaren Grübeleien nicht trüben lassen. Und starrte doch noch weiter hinaus ins Dunkel, als ob ich etwas suchte . . .

Dort, hoch oben, was ist das? Zuerst ein weißer Schimmer wie ein ferner Stern. Doch es senkt sich, wird immer größer; jetzt sieht man's schon ganz deutlich. Flügel hat es, ungeheuere Falterschwingen.

Der Menschenfalter! Als hätten meine Gedanken ihn herbeigerufen! Immer näher fliegt er heran, geradewegs gegen den fahrenden Zug. Nun streift er schon die Telegraphendrähte.

Wie schön er ist! Silberweiß leuchtet er durchs Dunkel, schön und doch schrecklich!

Jetzt streicht er längs des Zuges, mühelos schwebend, und doch jagen wir dahin im Achtzigkilometertempo.

Plötzlich schießt er auf mich los, starrt mich an mit seinen flammenden Riesenaugen und spricht. Nein, er spricht nicht, aber ich verstehe ihn ganz deutlich, so daß ich wie nach Diktat alles niederschreiben könnte.

»Warum fliehst du vor mir? Warum hast du dich, als ich dich in deinem Landhaus suchte, vor mir verschlossen? Weißt du noch immer nicht, daß ich Mariposa bin? Fürchtest du, ich werde dir ein Leid tun? Dir sicher nicht. Sehe ich so furchterregend aus? Ich habe oft genug mein Spiegelbild beschaut. Im Weiher, unweit meinem Hause, wenn die Nächte mondhell waren. Und auch bei Tage, oben im Gebirge, in einsamen Bächen und Quellen.

Als ich aus dem Verpuppungsschlaf erwachte, lag Dunkel über meinen Sinnen. Ich fand nicht das Bewußtsein meiner selbst, wußte nicht, wer und wo ich bin.

Allmählich dämmerte es in mir.

Eines Abends, als die letzten Sonnenstrahlen auf das Fenster trafen, erkannte ich in der aufflammenden Scheibe mein Spiegelbild. Und mit einem Male wußte ich, wer ich bin und wer ich war.

Mich überkam Neugier, Freude, unbändiger Stolz. Was ich da fühlte, hat noch nie ein Mensch gefühlt. Wenn sich's mit menschlichem Erleben vergleichen läßt, so etwa mit dem Wohlgefallen an einem neuen, prächtigen Gewand – ins Unermeßliche gesteigert.

Dennoch ist mir die Verwandlung nicht geglückt, nicht ganz. Rechenfehler sind mir unterlaufen, furchtbare Irrungen, die ich furchtbar werde büßen müssen. In manchem bin ich den Menschen überlegen, nicht nur in der Flugkraft; und in manchem wiederum bin ich ein Tier.

Ich habe übersehen, daß die Raupenhormone, deren Isolierung mir gelang und die ich meinem Organismus in großen Mengen zuführte, nicht nur die Träger der verwandelnden Kraft, sondern auch der Zeugungslust und Zeugungskraft sind. Die verwandelnde Kraft hat sich in der Metamorphose aufgezehrt, aber die Geschlechtskraft hat sich meinem Körper mitgeteilt und in ihm festgesetzt. Die Liebessehnsucht, die mich letzten Endes zu dem großen Wagnis antrieb, die plagt mich jetzt als maßlos unersättliche Geschlechtsgier.

Noch etwas, das ich nicht genügend vorbedachte und worin sich eine unvorhergesehene Wandlung vollzog. Mein Organismus duldet keine Pflanzennahrung: Ich bin ein Carnivore, ich brauche Fleisch. Noch trübt dies nicht die Klarheit meiner menschlichen Vernunft. Aber ich fühle: Wenn der Trieb mich überfällt, dann ist er stärker als alles andere. Ich brauche Blut und Fleisch!

Ach, und das Gräßlichste, die Einsamkeit, die grenzenlose Einsamkeit. Früher mieden mich die Menschen wegen meiner Häßlichkeit. Doch war ich für sie immer noch ein Mensch, jetzt aber, wenn ich mich ihnen zeige, fliehen sie entsetzt und glauben, ich sei ein böser Traum oder ein Gespenst. Und wenn sie meiner habhaft werden könnten, würden sie mich töten oder in einen Käfig sperren wie ein wildes Tier und anstarren wie ein Fabelwesen.

Und doch, wie dürste ich, wie lechze ich nach menschlicher Gemeinschaft. Zwar die Frauen, nach deren Liebe ich mich früher vergeblich sehnte, die habe ich jetzt zum Überdruß; sie sind mir alle hörig. Aber sind das denn Gefährten? Besessene Sklavinnen sind sie.

Bedenke, wie ich leben muß, ermiß doch diese hoffnungslose Einsamkeit. Mein eigenes Haus ist mir verschlossen. In tiefer Nacht, heimlich wie ein Dieb muß ich mich einschleichen, wenn ich sehen will, was mir gehört und was mir lieb ist. Denn wenn mein eigenes Gesinde mich sehen würde, so fiele es mit Dreschflegeln und Heugabeln über mich her.

Kunst und Wissenschaft und alles, was das Leben schmückt, sind mir verwehrt. Stundenlang umkreise ich des Nachts die Behausungen der Menschen, um ihre Sprache und Musik zu hören – wie eine verlorene Seele. Ich lebe wie ein Nachttier, wie ein Wolf, wie eine Eule. Auf Baumwipfel muß ich mich verkriechen oder auf die Felsen einsamer Berge. Muß mir von meinem eigenen Gehöft die Nahrung stehlen wie ein Marder. Selbst die Tiere fliehen mich oder machen Jagd nach mir. Unlängst haben mich zwei Lämmergeier stundenlang verfolgt; doch mein Flug war schneller.

Wie furchtbar rächt sich an mir selbst mein hochmütiges Unterfangen. Ich habe nach Übermenschlichem gestrebt, darum muß ich Unmenschliches erleiden.

Zu den Menschen, wie finde ich wieder zu den Menschen . . .!«

Ich erwachte unter einem Blicke. Nicht flammende Raubtieraugen, freundliche Augensterne eines Menschenangesichtes.

Ich sah hinaus zum Fenster. Sonnenschein flutete herein, und draußen waren Pinien, Zypressen.

Ich blickte um mich, blickte an mir nieder. Ich lag zu Bette. Inmitten anderer, Bett an Bett. Ein Schlafsaal? Nein, ein Krankensaal.

Ich schloß die Augen, ermattet und verstört. Und ich sann nach: Also war ich krank, war ohnmächtig geworden. Und doch, soweit ich's weiß, tat er mir nichts zuleide. Was war also die Ursache der Ohnmacht? Die Furcht, das Mitleid? Oder sein hypnotischer Befehl, sein Blick? Wo bin ich jetzt?

Ja, wo bin ich denn? Man antwortete italienisch: in Venedig, im städtischen Spital. Ich war im Zuge bewußtlos aufgefunden worden. Alle Versuche, mich zu erwecken, blieben vergeblich, darum brachte man mich hierher. Anfänglich vermutete man ein Verbrechen, doch mein Gepäck und meine Wertsachen waren scheinbar vollzählig.

Die Ärzte fragten mich allerlei, um die Ursache dieser sonderbaren langdauernden Bewußtlosigkeit zu ergründen. Die Wahrheit durfte ich nicht sagen, drum gab ich halb beruhigende, halb ausweichende Antwort.

Wie lange hatte ich denn bewußtlos gelegen? Mindestens 26 Stunden, war der Bescheid. Auf dem Wandkalender las ich das Datum, und plötzlich fuhr mir's durch den Kopf: Heute um zwölf Uhr ist ja die Verhandlung vor dem Schiedsgericht. Und die Uhr wies auf acht. Mit schwerer Mühe erwirkte ich meine sofortige Entlassung und charterte ein Flugzeug nach Rom.

Und das schwerste war die Verhandlung. Nachher war ich derart erschöpft, daß ich mich zu Bette legte und volle zwölf Stunden schlief.

Ich mußte noch zwei Tage in Rom bleiben, denn ich war unfähig, die Rückreise anzutreten. Lag auf dem Balkon, schlief oder starrte vor mich hin. Es war ein Zustand tiefster Benommenheit, in dem ich mich befand: die Loslösung aus der Hypnose, die Angst um Désirée, die Kümmernis um Mariposa.

Wer konnte an solch ungeheuerlichem Schicksal achtlos vorübergehen? Wer durfte sich diesem Hilferuf versagen? Trotz meiner eigenen Hilfsbedürftigkeit erwog ich die abenteuerlichsten Pläne, um ihm zu helfen, ihm trotz seiner jetzigen Gestalt ein menschenwürdiges Dasein zu retten.

Zum Schlusse kam natürlich der Jurist zum Wort. Wie lag denn eigentlich der Sachverhalt juristisch? Da ist ein Bankkonto, ein Grundstück, kurz – ein gewaltiges Vermögen, das gehört einem Herrn Papilio Mariposa. Gehörte ihm. Herr Mariposa hat für den Fall seines Todes letztwillige Verfügungen getroffen, hat mir ein Legat hinterlassen und mich zum

Testamentsvollstrecker bestimmt. Ist dieses Testament jetzt in Wirksamkeit getreten? Ist Herr Papilio Mariposa, soweit es die Rechtsordnung betrifft, gestorben, oder lebt er noch? Wenn er gestorben ist, dann erhalte ich mein Legat und muß für die Verteilung des übrigen Vermögens im Sinne seines letzten Wunsches sorgen. Und was geschieht dann mit dem Schmetterlingsmenschen, wer sorgt für den?

Wenn Mariposa, juristisch gesprochen, auch weiter lebt, so ist er jedenfalls unfähig, seine Geschäfte selber zu besorgen. Es muß also im Sinne des Gesetzes für ihn ein Kurator bestellt werden, und der ist an die Weisungen des Gerichts gebunden.

Die gerichtliche Entscheidung wird davon abhängen, ob Mariposa als menschliches Wesen anzusehen ist oder nicht. Und diese Frage wird von ärztlichen Sachverständigen zu lösen sein. Es wird sich also die skurrile Notwendigkeit ergeben, den Schmetterlingsmenschen gerichtsärztlich zu untersuchen, um gerichtsordnungsmäßig festzustellen, ob dieses Fabelwesen Mensch ist oder Tier, jedenfalls darf ich nichts unternehmen, ohne zuvor die Entscheidung des Gerichts einzuholen.

Noch im Eisenbahnzuge erhielt ich über Wien ein Telegramm Professor Möllers, worin er mich dringend bat, neuerlich auf das Gut Mariposas zu kommen.

Abends langte ich dort an. Da ich ihn auf der Station nicht antraf, ging ich ins Wirtshaus, in dasselbe, wo ich die Erzählung vom Vampir gehört hatte.

Es war zwar Wochentag, trotzdem fand ich hier eine Menge Bauern beisammen. Die meisten waren bewaffnet. Mit Äxten, Heugabeln und Jagdflinten, einige mit Mannlichergewehren und Bajonetten, die sie noch vom Krieg her hatten.

Ich horchte auf ihre erregten Gespräche . . .

»A so a Luder, a vardammt's, es neinte Hendl scho, das er mir o'gragelt hot.«

»Und uns elf Gäns, acht Anten und zuletzt a jung's Zickerl.« Es war der Pächter Mariposas, der das sagte.

»Du hast nix z' reden, Ramsauer«, fuhr ihn ein anderer an. »Hätt'st di net mit dem schiachen Juden ei'lossen. Bist eh sei Pächter. I loß ma's net ausredn, daß uns der Jud des ei'brockt hot.«

»Na, heit schiaß i eahm o', des Mistvieh«, fiel ein anderer ein und klopfte vergnüglich auf seine Flinte.

»Net zsammschiaßn«, meldete sich wieder einer, »herts, Buama, seids net narrisch, net zsammschiaßn! Do hom ma jo nix davo. Nur grod strafn, daß er si net riern ko'. Don fong ma'n und reissn eahm die Zähnt aus und zeig'n eahm fürs Göd. De Stodtfräck zohlin gern fir so wos. Oder verkaf ma'n on a Museum.«

Nun wußte ich genug. Nein, ich werde dieses Wunderwesen nicht niederknallen lassen oder in einen Käfig sperren wie ein wildes Tier. Ich muß ihn warnen. Und schlich mich unbemerkt hinaus.

Ich eilte zu der Waldlichtung, wo ich den Mänadentanz gesehen hatte. Schweißtriefend, mit blutenden Händen und zerschundenem Gesicht langte ich endlich an.

Dunkel war's und totenstille. Nur ab und zu ein leises Knacken im Gehölz, ein dumpfer Vogelschrei und das seufzende Streichen des Nachtwindes.

Ich trat hinaus in die Lichtung mit klopfendem Herzen und blickte mich um. Ringsum starrten mich die dunklen Bäume an wie lauernde Riesen, bereit, im nächsten Augenblicke vorzurücken und mich zu zermalmen. Ich raffte mich zusammen und rief mit gepreßter Stimme, leise, als wagte ich nicht, die schlafende Wildnis zu wecken, als fürchtete ich, ihre Schrecknisse zu entfesseln: »Mariposa!«

Nichts regte sich, nur das Echo tönte wider, wie Geisterruf: »Mariposa!«

Ich hielt inne, lauschte, wartete.

Einen Augenblick lang fuhr mir's spöttisch neckend durch den Sinn: Da stehe ich, Rechtsanwalt, Disziplinarrat und Richter des Verfassungsgerichtshofes, stehe um Mitternacht allein im Walde, rufe einen Märchennamen und warte, daß sich mir ein Fabelwesen zeige.

Aber der Ernst des Augenblicks, die düster starrende Einöde duldete kein Scherzen. Wieder rief ich »Mariposa!«, rief es klagend, wie beschwörend: »Mariposa, kommen Sie, Gefahr droht Ihnen. Ich will Sie warnen, will Ihnen helfen!«

Nun saust's auch schon herab, mir im Rücken. Ich spüre einen tierhaft scharfen, beizenden Geruch und stechenden Schmerz im Nacken, wie wenn sich in mein Fleisch Zähne, scharfe, spitze Zähne schlagen. Abwehrend greife ich nach rückwärts, aber mächtige Schwingen umschwirren mich, umklammern lähmend meine Arme. Feucht rieselt's mir im Rücken, und an meinem Nacken saugt und schlürft und schmatzt es. Und dieser tierisch brünstige Geruch . . . Ich kann nicht um Hilfe rufen, denn mir versagt die Stimme vor Schreck und Schmerz, und meine Sinne schwinden.

Da kracht ein Schuß. Über mir ein schriller Wehlaut, und es löst sich die Umklammerung. Aufwärts rauscht es, fliegt davon mit schwerem, mattem Flügelschlage.

Ich schlug die Augen auf unter einem Lichtschein. Eine Taschenbatterie leuchtete mir ins Gesicht. Ich lag zu Boden, vor mir kniete der Professor und legte mir einen Verband an.

»Gott sei Dank«, sagte er, »da bin ich wirklich gerade zurückgekommen. Aber wie konnten Sie nur . . .? Nun, zu Vorwürfen ist jetzt nicht die Zeit . . .

Im Wirtshaus habe ich erfahren, daß Sie gegen den Wald zu gingen, allein. Nun schwante mir so etwas Ähnliches, wie es auch wirklich eintraf. Und ich bin Ihnen nach.

Übrigens ist Ihre Wunde nur leicht. Adern und Knochen sind unverletzt. Nur der Schreck hat Ihre Ohnmacht verursacht.«

Ich konnte kaum ein Wort erwidern, so sehr war ich verstört. Es war nicht Angst noch Schmerz, es war ratloses Entsetzen.

Das also war die Antwort Mariposas auf meine wohlmeinende Hilfe? Hatte er mich etwa nicht erkannt? Auch dann war's tierische Grausamkeit und Blutdurst. Und ein solches Wesen soll ich der menschlichen Gemeinschaft wiedergeben?

Wir machten uns auf den Weg, und ich bat den Professor, mir zu sagen, was geschehen sei, warum er mich abermals hierhergerufen habe. Er überhörte scheinbar meine Frage und fragte zurück, mit belegter Stimme: »Ja, was ich sagen wollte, haben Sie nichts von Ihrer Freundin gehört?«

»Das wollte ich Sie fragen, Herr Professor«, erwiderte ich, von einer bösen Ahnung erfaßt. »Sagen Sie, was ist los? Was ist da geschehen? Wo ist sie? Sprechen Sie, um Gottes willen!«

Er blieb stehen, hüstelte beklommen und trocknete die schweißbedeckte Stirn.

»Fassen Sie sich, lieber Freund, und vergeben Sie mir, wenn ich Ihnen böse Nachricht bringe . . . Heute früh hat man sie im Wald gefunden.«

»Wie gefunden . . .? Lebt sie?« keuchte ich.

Er faßte meine Hand, blickte zu Boden und schwieg.

Nun wußte ich genug.

»Wo ist sie?« fragte ich tonlos.

»In einem Schuppen hinter dem Wirtshaus hat man sie aufgebahrt.«

Ohne Antwort stürzte ich davon.

Ich fand sie.

Ihre Kleider waren zerrissen und von Straßenkot beschmutzt. In ihrer Kehle klaffte eine fürchterliche Wunde, wie von einem Biß.

Ich habe schon viel Furchtbares erlebt. Die Wut der Elemente und die Raserei der Menschen. Springfluten und Tropenstürme habe ich gesehen, Verurteilte, die zum Tode gingen, und die Hölle der Isonzoschlachten mußte ich durchleben. Und war gleichmütig geblieben. Aber das hier ging über meine Kräfte.

Ich brach zusammen.

Die ganze Nacht verweilte ich am Lager der Toten, am Grabe meiner Lebensfreude. Wortlos, tränenlos.

Als mich der Professor aus meiner Erstarrung weckte, drang Sonnenschein durchs Tor der Scheune.

Ich durfte nicht länger untätig bleiben. Weiterer Schaden, weitere Gewalttat mußte verhütet werden. Nun mußte die Behörde sprechen.

Ich war entschlossen, nach Graz zu fahren, um die Staatsanwaltschaft zu verständigen.

Nur mit Widerstreben folgte der Professor.

»Lieber Freund«, sagte er, »Sie folgen noch Ihrem ersten Schmerze. Sie haben sich noch nicht zur Klarheit durchgerungen, Sie wollen Rache üben, nicht helfen.

Was hat die Staatsanwaltschaft mit all dem zu tun? Nein, hier kann nur verstehende Menschlichkeit, hilfsbereite Wissenschaft nützen.

Ich habe nun einmal eine Idiosynkrasie gegen Staatsanwälte. Sagen Sie selbst, welcher anständige oder zumindest welcher gute Mensch wird denn Staatsanwalt? Das sind Leute, die allerdings nichts Böses tun, aus Furcht vor dem Gesetze, aber auch nicht das geringste Gute. Mir ist ein Fuchs, ein Wolf, der in naturgewollter Freiheit seiner Nahrungssuche nachgeht, tausendmal lieber als ein böser Kettenhund.

Und daß wir selber die Ordnungsbestien zu Hilfe rufen, um ein Wunderwerk zu zerstören, um die Großtat eines Genies, das an der Tragik seines ungeheuren Strebens zerschellt, mit täppischer Faust zu zertrümmern – nein, das greift mir ans Herz.«

»Herr Professor, sosehr ich die Wärme Ihrer Worte respektiere, aber zu solchen Betrachtungen ist jetzt wirklich nicht die Zeit. Wir haben die Wahl: die Ordnung und Sicherheit der Gesellschaft oder das wissenschaftliche Experiment, der Riesenfalter. Die Gesellschaft muß sich schützen. Mit welchen Mitteln sie es tut, das haben nicht wir zu entscheiden, sondern die berufenen Organe der Gesellschaft. Selbstverständlich wird man trachten, den Schmetterling nicht zu verletzen oder gar zu töten, sondern ihn lebend zu fangen. Glauben Sie übrigens, daß mir dieser Weg so leicht fällt? Aber es muß sein.«

In Graz angelangt, begab ich mich sogleich zum Chef der Staatsanwaltschaft. An der Türe las ich: Hofrat und Erster Staatsanwalt Doktor Arlecker. Ich erinnerte mich dunkel. In der Kriegszeit hatte ich einmal mit ihm zu tun: geschmeidig nach oben, nach unten brutal.

Er empfing mich mit jener distanzierenden, spezifisch staatsanwaltschaftlichen Reserviertheit, welche alle Angehörigen der Gattung Mensch, sofern sie nicht zur Species Staatsanwalt gehören, einteilt in solche, die schon abgestraft, und solche, die es derzeit noch nicht sind.

Ich setzte ihm den Fall auseinander. In demselben Maße, als ich in der Erzählung fortschritt, wurden seine Züge quälend freundlich, süßlich beschwichtigend; er retirierte sachte, aber ständig gegen die andere Ecke des Schreibtisches und näherte seine Linke wie absichtslos spielerisch dem Glockentaster.

»Keine Furcht, Herr Hofrat, ich bin nicht irrsinnig. Wenn Ihnen schon mein Name und meine Stellung nicht dafür bürgen, so rufen Sie bitte Herrn Universitätsprofessor Möller herein, der draußen wartet, damit er Ihnen die Wahrheit meiner Erzählung bestätige.«

Wir setzten ihm auseinander, welche Schwierigkeiten zu gewärtigen seien, denn es handle sich um ein geflügeltes Wesen, das über unbekannte hypnotische und telepathische Kräfte zu verfügen scheine. Er versank in dumpfes Sinnen. Plötzlich, wie eine Offenbarung, verklärte ein Sonnenstrahl freudiger Erleuchtung die hoffnungslose Öde dieses Gesichtes: »Meine Herren, mich geht die ganze Geschichte nichts an. Die Staatsanwaltschaft ist da nicht zuständig. Sie hat nur einzuschreiten bei Verdacht einer strafbaren Handlung. Strafbare Handlungen können aber nur von Menschen begangen werden. Wenn der Fuchs einem Bauern ein Hendl stiehlt, wenn der Wolf einen Menschen anfällt, so hat die Staatsanwaltschaft damit nichts zu tun. In die Prüfung der Frage, ob jemand ein Schmetterling ist oder ein Mensch, in solche zoologische Untersuchungen hat sich die Anklagebehörde nicht einzulassen. Bitte wenden Sie sich an die Unterrichtsverwaltung.«

Den weiteren Instanzenzug dieser Justizgroteske will ich nicht schildern. Ich setzte schließlich durch, daß man mir zehn Gendarmen zur Verfügung stellte.

Vorerst wurde Ordnung mit den Schmetterlingsanbeterinnen gemacht: Man nahm sie in Gewahrsam und übergab sie ihren Angehörigen. Einige, darunter die Enkelin des Professors, wurden in Heilanstalten untergebracht.

Des Falters habhaft zu werden schien unmöglich. Die Schußverletzung, die ihm Professor Möller zugefügt hatte, war offenbar geheilt, denn seine Flugkraft blieb ungeschmälert. Unglaublich war seine Schlauheit und Geschicklichkeit; auch schien er ein Witterungsvermögen zu besitzen, dessen Schärfe über menschliche Begriffe ging. Schon über eine Woche dauerte die aufregende Jagd.

»Ich wundere mich«, sagte Professor Möller, »wie groß seine Anhänglichkeit an diese Gegend ist; daß er weiter hierbleibt trotz aller Verfolgung. Und ich fürchte immer wieder, daß er davonfliegt, in ein anderes Land, wo ihm weniger Gefahr droht und die Nahrungssuche leichter wird. Bei seiner ungeheuern Flugkraft bietet ihm die Entfernung kein Hindernis.

Man hat festgestellt, daß die Fluggeschwindigkeit mancher Schwärmerarten unter den Schmetterlingen nicht weniger als vierundfünfzig Kilometer in der Stunde ist, also schlechterdings unermeßlich im Verhältnis zur Kleinheit dieser Tiere. Nun erinnert der Habitus seiner Flügel an gewisse schnellfliegende Schwärmer, die man in fossilem Gestein aus der Jurazeit petrifiziert gefunden hat.

Allerdings wächst die Schnelligkeit nicht proportional der Körpergröße – sonst wäre ja die seine fast tausend Stundenkilometer. Aber trotzdem schätze ich sie auf dreihundert Kilometer in der Stunde, also schneller als das schnellste Flugzeug.«

Wenn sich der Riesenfalter endlich zeigte, so trieb er stundenlang, oft die ganze Nacht sein boshaftes Spiel mit uns. Bis er sich plötzlich in die Luft schwang und in der Dunkelheit verschwand. Er schien sehr wohl zu wissen, daß der Wald für ihn das günstigste Terrain war. Denn wenn die Situation für ihn bedrohlich wurde, dann flog er hinauf ins dichte Geäst der Wipfel. Dort konnte er sich unbemerkt verbergen oder in die freie Höhe entkommen.

Scheinwerfer wurden herbeigeschafft. Doch auch sie blieben nutzlos bei seiner Schnelligkeit und seiner merkwürdigen Fähigkeit, sich der Umgebung anzugleichen.

»Beobachten Sie doch«, sagte Professor Möller, »wie die Farbe seiner Flügel zu jener der Bäume paßt. Entweder silberweiß wie die Birke, graugrün wie Ahorn oder grau mit schwarzer Sprenkelung wie Buchen; je nachdem er die Flügel faltet. Und er lagert auch nur auf einem dieser Bäume. Ich habe noch nie bemerkt, daß er etwa einen dunklen Eichenstamm aufsucht.

Sie kennen doch die biologische Erscheinung, welche man Mimese nennt. Das ist die Anpassung gewisser Tiere an ihre örtliche Umgebung.

Es gibt Schmetterlinge, die sind genauso gefärbt wie die Ringe der Bäume, auf welchen sie ruhen. Andere sehen aus wie Vogelkot, manche wiederum wie welke Blätter, ja, selbst im Fluge gleichen sie welken Blättern, denn sie flattern schräg abwärts wie ein fallendes Blatt. Durch solche Künste entgehen sie den Verfolgern.

Nun, auch hier haben wir eine solche Mimese vor uns. Es wäre ungeheuer interessant, zu ergründen, ob die Mimese des Riesenfalters ein bloßer Zufall ist oder eine automatische Anpassung oder ein Effekt, den er vorher berechnete und absichtlich erzielte.«

Die Bauern halfen bei dieser Jagd begierig mit. Es war ihnen eingeschärft worden, auf den Riesenfalter nicht zu schießen, und ein namhafter Preis war ausgesetzt auf seine lebende Ergreifung.

Kein Novellist, kein Dramaturg vermöchte Szenen zu ersinnen, so wild bewegt, so farbig und phantastisch: der nächtig düstere Wald und schweigend lauernde Jäger. Plötzlich das Rauschen des silberweißen Riesenfalters in den dunklen Höhen und sein gespensterhaftes Flattern von Baum zu Baum. Scheinwerfer, deren Flammen die aufgeschreckte Wildnis in jähe Lichtflut tauchen, riesige Schatten, welche geisterhaft entfliehen, die wilden Rufe der Verfolger und ihre gierig glühenden Gesichter.

Aber im Walde blieb die Jagd vergeblich. »Wir müssen ihn«, so sagte Professor Möller, »sozusagen zur offenen Feldschlacht zwingen. Wir müssen ihn aus dem Walde aufscheuchen, in die Höhe treiben und ihm den Rückzug in den Wald versperren. Dann ihm nach auf einem Flugzeug. Er ist zwar schneller, aber nicht so ausdauernd. So kann er uns nicht entkommen.«

Dieser Plan wurde durchgeführt. Ein Flugzeug wurde bereitgehalten und wartete auf der Waldlichtung, dem Lieblingsplatz des Riesenfalters. Einige Bauern und Gendarmen, mit Scheinwerfern und kräftigen Taschenlampen versehen, kletterten mit Hilfe von Steigeisen auf die Bäume und hielten sich dort verborgen. Nun konnte die Jagd zum letztenmal beginnen.

Alles ging gut vonstatten. Man hatte ihn vom Walde aufgescheucht, und das Luftschiff flog an. Aber ehe es aufsteigen konnte, war er schon viele hundert Meter hoch und verschwand im finsteren Gewölke.

Ein andermal waren die Aussichten besser, denn der Himmel war klar. Alles verlief wunschgemäß. Der aufgescheuchte Falter entflog aus dem Walde und das Flugzeug ihm nach. Er hatte einen so großen Vorsprung, daß es kaum möglich schien, ihn zu erreichen. Aber er nützte ihn nicht aus, ja, er verminderte wie absichtlich seine Geschwindigkeit.

Plötzlich kehrte er, mitten im Fluge um und schoß gerade auf das Flugzeug los. Es war ein grauenvoller Augenblick, denn ein Zusammenstoß schien unvermeidlich. Aber in der letzten Sekunde hielt er inne, blieb hart vor dem Luftschiff, rückwärts schwebend, und starrte dem Piloten ins Gesicht.

»Sehen Sie seine Augen?« fragte ich mit heiserer Stimme den Professor. »Sagen Sie, woher diese ungeheuern Augen?«

»Woher, da fragen Sie mich zuviel. Ich glaube, in seinen Augen ist die Schmetterlingsnatur zum Durchbruch gekommen. Die Augen der Schmetterlinge bestehen aus einer ganzen Anzahl von kleinen Äuglein, Ommatidien. So auch die seinigen. Ermessen Sie nun die Weite und die umfassende Kraft seines Blickes.

Aber auch noch viel Menschenhaftes liegt in seinem Auge. Ich meine die Fähigkeit der Willensübertragung. Daher . . .«

Er stockte; denn mit einem Male begann das Flugzeug arg zu schwanken und senkte sich. Es wäre sicherlich gestürzt, hätte sich nicht ein Gendarm, ein geschulter Flieger, noch im letzten Augenblick des Steuers bemächtigt.

Der Pilot lag in tiefer Ohnmacht, augenscheinlich hypnotisiert, und in der entstandenen Verwirrung war der Falter längst entkommen.

Mit unserer Geduld und Nervenkraft war es zu Ende. Das Kommando erteilte seiner Mannschaft den Befehl, noch einen letzten Versuch mit Hilfe des Flugzeuges zu machen oder, wenn auch der mißlinge, den Falter mit der Feuerwaffe zu vertilgen.

Die Nacht der Entscheidung kam heran. Fieberhaft gespannt saßen, wir im Flugzeug, außer dem Piloten Professor Möller, der Gendarmerieoffizier und ich. Wir hatten einen Scheinwerfer bei uns. Nicht nur um den Falter in der Dunkelheit zu sichten, sondern, um seinen lähmenden Blick zu blenden und uns so gegen Hypnotisierung zu schützen.

Erst nach Mitternacht zeigte sich der Schmetterling. Sogleich begann die Treibjagd, und nach zwei Stunden war er so eng umstellt, daß er auffliegen mußte. Zu gleicher Zeit startete das Flugzeug.

Das Wetter war windstill und klar, so daß wir ihm ungehindert folgen konnten. Er schien ermüdet durch die vorangegangene Verfolgung, denn er entfaltete bei weitem nicht seine volle Flugkraft. Immerhin betrug sein Vorsprung noch viele Kilometer. Aber mit Hilfe des

Scheinwerfers und unserer scharfen Gläser verloren wir ihn nicht einen Augenblick aus dem Gesichtsfeld. Ging er hoch, so folgten wir ihm in die Höhe; senkte er sich, so tat's das Flugzeug auch.

Sonderbarerweise unternahm er nur ein einziges Mal den Versuch, sich in der Tiefe, in einem Walde, zu verbergen, und auch dies an einer ungünstigen Stelle. Dann gab er's auf, flog weiter. Nicht hastig, eher sorglos gemächlich, indes wir die rasende Maschine zur Höchstgeschwindigkeit entfachten.

Rechnete er auf einen Dauerflug, bei dem uns schließlich der Betriebsstoff ausging? War er ermattet, oder war's für ihn ein Spiel? Wußte er nicht, daß es eine Verfolgung war auf Leben und Tod? Für ihn schien es ein Wettlauf, bei dem er neckend seine Kräfte zeigte. Wollte er uns seine Unerreichbarkeit recht deutlich zeigen?

Schon währte die Verfolgung in den Lüften vier volle Stunden. Die Karawanken waren überflogen, unter uns lag der Karst, und in der Ferne leuchtete das Meer.

Großartig war die Landschaft in ihrer Mannigfaltigkeit und Fülle, fern und doch plastisch klar, ruhevoll und doch durchzittert von einem ungeheuern, nimmermüden Atem. Und darüber wölbte sich ein strahlend heitrer Himmel.

Ein Frühlingsmorgen! Ach, welche Lust zu leben, wäre nicht diese furchtbare Verfolgung!

Sein Vorsprung minderte sich zusehends, er betrug nur mehr etwa sechs Kilometer.

Nun lag zu unsern Füßen das Meer.

»Wir haben Betriebsstoff für anderthalb Stunden«, sagte der Gendarmerieoffizier. »Bis dahin müssen wir ihn haben. Wenn uns das Benzin ausgeht und wir niedergehen müssen, gebe ich Feuer.« Und er legte den Karabiner schußfertig neben sich.

»Das werden Sie gefälligst bleibenlassen«, fuhr ich auf, »Sie befinden sich hier außerhalb österreichischen Hoheitsgebietes.«

Der Professor fiel beschwichtigend ein: »Dazu wird es schon deshalb nicht kommen müssen, weil er in einer halben Stunde mit seiner Kraft zu Ende ist.«

Er sprach es mit gepreßter Stimme, und um seine Augen zu verbergen, blickte er durchs Fernglas, das in seinen Händen merklich zitterte.

Er reichte mir den Trieder. »Betrachten Sie doch seine Fühler. Sie sind prachtvoll, schöner als ein Reiherbusch. Keulenförmig verdickt sind sie und gefiedert. Antennae clavatae et plumatae nennt die Wissenschaft jene Art von Fühlern.

Haben Sie bemerkt, wo diese Fühler in seinem Haupte wurzeln? An der Stelle, wohin die Wissenschaft den Sitz des dritten Auges, des Zyklopenauges, verlegt. Diese Fühler sind sicherlich die Träger seiner telepathischen Fähigkeiten, seiner fernwirkenden Sinne. Ach, wer das erforschen könnte!«

Plötzlich kehrte der Riesenfalter in seinem Fluge um und näherte sich unserem Aeroplan. Ganz nahe, bis auf etwa zwanzig Schritte. Aber wir ließen den Scheinwerfer spielen und trafen ihn mit voller Wucht des Strahles. Er wendete geblendet seinen Flug.

Diesmal konnte ich sein Antlitz deutlich sehen. Bildhaft ebenmäßig waren seine Züge, und doch waren sie nicht menschlich und darum gräßlich. Es war die grauenvolle Schönheit eines Medusenhauptes.

Hoch über dem grenzenlosen Meere jagten wir nun dahin. Stumm, entschlossen und verzweifelt.

Mit einem Male wurde der Flug des Riesenfalters unstet, taumelnd und langsam glitt er nieder zu den Fluten. Wir folgten ihm und sahen schaudernd, daß aus den Wogenkämmen spitze Flossen ragten, Haifischflossen.

Nun wendete sich Mariposa noch einmal um mit mattem Flügelschlage und sah mich an mit einem langen Blicke, mit einem Blick des Abschieds. Schweigend faßte der Professor meine Hand, aus seinen Augen stürzten Tränen.

Und dann, ehe wir ihn retten konnten, sank er unter.

Die spitzen Flossen schießen auf ihn los, und es öffnet sich ein gierig zahnbewehrter Rachen.

Noch einmal strebt er aufwärts mit rauschendem, machtvollem Flügelschlage, und seine taubenetzten Schwingen gleißen verführerisch im Lichte. Doch seine Flugkraft ist erlahmt, er vermag nicht zu entrinnen.

Und nun ein letzter Kampf der Tiefe mit den Lüften, des Untiers mit dem Fabelwesen. Ein kurzes, heißes Ringen, ein Wirbel in den aufgepeitschten Fluten.

Es glätten sich die Wogen, es wird still . . .

Still ist es. Irgendwo tief unten zieht ein Schiff mit windgebauschten Segeln silberweiße Furchen, und im Schein der mittäglichen Sonne leuchtet ferner Küstensaum.

Ich habe ihn geliebt, Papilio Mariposa, den mißgestalten, verlachten Juden, dessen Seele – wie die Raupe nach dem Falter – nach Liebe dürstete und Schönheit; den großen Forscher, der in vermessenem Begehren Ungeheures unternahm und Ungeheures erlitt; den Sehnsüchtigen, der in Licht und Freude auferstehen wollte und unterging in Nacht und Grauen.